W0366383

Über dieses Buch Wie die Geschichte eines Landes seine Märchen prägt, zeigt deutlich die vorliegende Sammlung. Sie präsentiert u. a. Märchenvarianten, die nur in der Schweiz zu finden sind (z. B. ›Die Stieftochter‹, eine Schneewittchenvariante, in der die Zwerge über das Schicksal des Mädchens abstimmen).
Die zum Teil wenig bekannten Märchen sind nach Sprachgebieten geordnet: Die Texte aus der *rätoromanischen* Region belegen eine starke Erdverbundenheit. In den Märchen der *deutschsprachigen* Schweiz haben sich die erzählerischen Motive der Reisläufer, Pilger und Handelsleute niedergeschlagen. Und im *französischsprachigen* Teil hat sowohl der bilderfeindliche Calvinismus als auch das Barock-Katholische Ausdruck gefunden. Dagegen sind die Märchen des *italienischen* Sprachgebiets bereits von belcanto-dramatischen Elementen bestimmt.

Die Herausgeber Götz E. Hübner, 1939 in Stuttgart geboren, studierte Klassische Philologie, Germanistik und Volkskunde in Tübingen, Zürich und München (Dr. phil.). Mitarbeit an der Kritischen Ausgabe der Sämtlichen Werke Hugo von Hofmannsthals (›Die Frau im Fenster‹). Lebt als Sprach- und Literaturlehrer in Schorndorf.

Sigrid Früh, 1935 bei Ludwigsburg geboren, studierte Germanistik und Volkskunde in Tübingen und Zürich. Sie ist Märchenerzählerin und hält Märchenseminare an Schulen, Volkshochschulen und in Bibliotheken; sie lebt in Kernen bei Stuttgart. – Im Fischer Taschenbuch Verlag sind bisher von ihr erschienen: ›Das Zauberpferd. Märchen aus Siebenbürgen und den Karpaten‹ (Band 2856), ›Die Frau, die auszog, ihren Mann zu erlösen. Europäische Frauenmärchen‹ (Band 2858) sowie ›Märchen von Hexen und Weisen Frauen‹ (Band 2868).

Fritz Senft, Jahrgang 1922, Autor und Herausgeber zahlreicher Bücher (Lyrik, Novellen, Kinderbücher, Sagen), lebt in Geroldswil bei Zürich. Er schrieb die Einführung in diese Märchensammlung.

Hedwig Goller ist Kunsterzieherin und freie Künstlerin, sie lebt in Korntal bei Stuttgart; zahlreiche Ausstellungen von Scherenschnitten und Pastellbildern in Baden-Württemberg. Für den Fischer Taschenbuch Verlag illustrierte sie den Band 2865: Barbara Stamer ›Dornröschen und der Rosenbey. Motivgleiche Märchen‹.

Von Gletscherjungfrauen und Erdmännlein

Märchen aus der Schweiz

Herausgegeben von
Götz E. Hübner und Sigrid Früh

Einführung von Fritz Senft

Mit vier Originalscherenschnitten
von Hedwig Goller

Fischer Taschenbuch Verlag

Lektorat: Monika A. Weißenberger

Originalausgabe
Veröffentlicht im Fischer Taschenbuch Verlag, GmbH
Frankfurt am Main, November 1986

1986 Fischer Taschenbuch Verlag GmbH, Frankfurt am Main
Umschlaggestaltung: Jan Buchholz / Reni Hinsch
unter Verwendung eines Originalscherenschnitts
von Hedwig Goller
Gesamtherstellung: Clausen & Bosse, Leck
Printed in Germany
780-ISBN-3-596-22859-X

INHALT

Italienisches Sprachgebiet

EINFÜHRUNG

Von Volksmärchen sprechen wir immer dann, wenn ein Motiv über längere Zeit von Mund zu Mund erzählt wurde. Es wäre ein uferloses Unterfangen, wollte man fragen, ob es den typischen Charakter einer nationalen Überlieferung überhaupt gibt. Es bestehen zweifellos verschiedene Wesenselemente, die dem heutigen Raum der Schweiz zugeordnet werden können, die sowohl in der Streuung als auch in der Tiefenstruktur schwer faßbar sind. Schon bei den Mythen, die sich um das ursprüngliche Bewußtsein eines Alpenlandes wie Kristalle gebildet haben, findet man in anderen Ländern erstaunliche Parallelen. So beispielsweise bei den Lindwurmsagen, beim Meisterschützen Tell oder beim mörderischen Bruderkampf, den sich die Anführer bei der Landnahme liefern und der sich an die Gründungsgeschichte Roms anlehnt.

Märchen waren ein Mitteilungsgut frei Quelle. Man verband die Lust des Unterhaltens mit der Weitergabe von Geschichten, die wohl bemerkenswert, aber ohne poetische Ausgestaltung waren. Die Einfachheit des Märchens stimmt mit der Einfachheit seiner Erzähler überein, von denen viele des Lesens kaum und des Schreibens überhaupt nicht kundig waren. Der mündliche Vortrag führte dazu, daß man dem Märchen ein sozusagen grob geschneidertes Maßkleid überwarf. Die Bewegungen, die sich darunter abzeichneten, waren immer noch wunderbar genug, nur mußten sie eindeutig und verständlich bleiben.

Der Märchenforscher *Max Lüthi* redet von der einfachen, klar gezogenen Linie, er verweist darauf, daß der Erzähler vorwiegend additiv, nicht subordinierend arbeitete. Das einzelne Abenteuer bildet eine Sequenz für sich. Es setzt für den, der es wiederholt, keine Erfahrung ab, weder im Guten noch im Bösen.

Aber auch die Figuren der Märchenwelt sind in ihrer Beziehung zueinander kaum fixiert. Sie werden häufig in einem

Atemzug genannt, als Schwestern, als Teufel und Ellermutter, als schöner Jüngling und mütterliche Fee. Ein erster Bruder ist alt wie »Brot und Brei«, ein zweiter alt wie »die Steine«, ein dritter läßt einen Vergleich schon gar nicht mehr zu, von ihm wird nur gesagt »aber sonst noch rüstig«. Den Funktionsträgern gibt ihre Rolle einen genauen Auftrag und Einsatz, im weiteren Verlauf des Märchens erfährt man nichts mehr von ihnen. Bei der Ausrichtung auf das Ziel bleibt nur noch die Hauptperson übrig.

Das Märchen liebt das Künstliche, die Dingmagie, aber es verweigert sich der Ausschmückung. Das hängt damit zusammen, daß Grundbegriffe sich nicht abnützen. Das Schöne, weil es so durchaus abstrakt erscheint, zeigt eine um so stärkere, faszinierendere Intensität. Es vertieft sich nicht zuletzt dank der Resonanzräume, die ihm ein guter Erzähler auszusparen vermag.

Wollte man durch die Extreme beeindrucken, so war man auf feste Regeln verwiesen, einerseits durch die Zucht dem Stoff gegenüber, andererseits durch die Ansprüche der Zuhörer. Schon 1929 machten in einer bahnbrechenden Abhandlung *Petr Bogatyre* und *Roman Jakobson* auf diese »Präventivzensur der Gemeinschaft« aufmerksam, die einen sehr imperativen Charakter zeigte. Das Publikum beschwor im aktiven Mitgehen die erzählerischen Abläufe, so wie das im Hörverhalten von Kindern zum Ausdruck kommt.

Es gehört zum Geheimnis des Märchens, daß ihm Motivierungen im tiefsten Sinn keine Tragweite verschaffen. Es greift Argumente zwar unbekümmert auf, gibt sie aber ebenso unbekümmert wieder preis. Es erklärt die geheime Zauberkraft eines Instruments ebensowenig wie den Einfluß eines Tieres oder das besondere Wissen alter Männer und Frauen. Ein Verbot wird nicht begründet, jedoch mit einer tödlichen Drohung verbunden. Aktionen entziehen sich jeder Logik, widersprechen ihr, scheinen sich sogar über sie lustig zu machen. Das Doppeldeutige, Doppelsinnige provoziert Widersprüche, die umgehend an den Ausgangspunkt hektischer Verwicklungen führen. Es zeigt zugleich die Isolation einer Figur, das heißt, ihr Herausfallen

aus den natürlichen familiären und gesellschaftlichen Bindungen. Das scheinbar Unmögliche, die erlösende Tat, muß fast immer im Alleingang vollbracht werden, die rettende Hilfe kommt in der Regel erst unterwegs, durch Zufall oder durch eigene Geistesgegenwart. Wem es vorausbestimmt ist, der tappt ins Unheil oder in sein Glück. Was zum Geschehen keinen direkten Bezug hat, bleibt ausgeklammert.
Das Streben nach Vollkommenheit und Glück steckt im Kern in allen Märchen. *Max Lüthi* sieht darin den Perfektionismus, bei dem eine beliebte Form das »gerade noch« darstellt: Die letzte Aufgabe entscheidet, eine letzte, unerwartete Machenschaft des Schicksals führt den Jüngling zur Braut zurück, damit er sie endgültig erlangen kann. Andererseits wird dabei offenkundig, wie wenig komplex das Heldenhafte des Helden ist, wie schnell er eine Warnung in den Wind schlägt oder die gute Gelegenheit versäumt. Das bringt aber auch der erzählerischen Spannung die Möglichkeit, sich noch einmal aufzuladen, wenn das Vollkommene sich auf diese Weise mit dem Unvollkommenen anlegt.
Diese allgemeinen Hinweise werden sich im Blick auf einzelne Märchen spezifizieren und ergänzen lassen. Zunächst mag es angezeigt sein, die Ursprünge des schweizerischen Märchengutes, das erstmals im letzten Jahrhundert durch Otto Sutermeister (1832–1901) zusammengetragen worden ist, ein wenig auszuleuchten. Die Brüder Grimm hatten schon einige wenige Stoffe aus der Schweiz in ihre Sammlung übernommen, vor allem das in der Dialektfassung wiedergegebene ›Das Bürli im Himmel‹, vermutlich aber auch das als Ableger orientalischer Vorlagen verbreitete Märchen ›Simeliberg‹.
Otto Sutermeister beschränkte sich auf die deutschsprachigen Einzugsgebiete, dafür schloß er Sagen, Legenden und selbst Schwänke höchst unbekümmert mit ein. Für ihn ging es darum, nach dem Vorbild der Brüder Grimm ein breites Interesse für überliefertes Erzählgut zu wecken, ohne daß er dieses mit Deutungen oder Wertungen überfrachtete.
Schon bald um die Jahrhundertwende wurden durch verschiedene Volkskundler Märchen aus der Südschweiz, das

heißt aus den italienischen und rätoromanischen Sprachbereichen aufgespürt, wobei man sich strikt dem Regionalprinzip unterordnete. In den französischen Kantonen folgte man erst später nach; die ergiebigsten Stoffe lieferte das barock-katholische Wallis, während die Sammlungen der jurassischen Gegenden eher dürftig ausfielen.

Das kam freilich nicht von ungefähr. Seit dem 16. Jahrhundert prägte der in Genf, im Waadtland und Neuenburg zur Vorherrschaft gelangte Calvinismus die geistige Grundhaltung. Er leistete einer strengen Vernunft Vorschub, die dem Wunder einzig noch im Rahmen der biblischen Botschaft seine Rechte einräumte, die Märchenphantastik dagegen zu dämmen und zu tilgen suchte. Die von der Prädestinationslehre wesentlich bestimmte Glaubensmoral erwies sich als märchenfeindlich. Hexen und Feen, Zauberer und Dämonen, Riesen und Erdleute, Drachen sowie weiteres Ungetier galten als heidnische Relikte. Man suchte den realen Wahrheitsgehalt, gegen den symbolischen glaubte man ankämpfen zu müssen. Eine ebenso strenge Abwehrhaltung nahmen auch jene Täufergemeinschaften ein, die als Verfolgte in entlegenen Juratälern Zuflucht und ihr Refugium fanden.
Das rigorose Verneinen über irdische Mächte, die Verpönung eines sittlich anfechtbaren Diesseitsdenkens ließ mancherorts die Fabulierfreude versiegen und überliefertes Erzählgut mehr und mehr in Vergessenheit geraten. Dennoch war in den eidgenössischen Ländern der Bann einstiger Unwirtlichkeit längst gebrochen. Die Handelswege, die Pilger- und Heeresstraßen erschloßen den Erzählstoffen üppige Zugänge; sogenannte Susthäuser und Hospize boten Gelegenheit zu einem regen Austausch.

Einsiedeln war einst als Wallfahrtsort ein religiöser, Zurzach als Messeort lange Zeit ein handelspolitischer Mittelpunkt. Kaufleute wie Pilger, aber auch Landfahrer, Bettelmönche und Badereisende frönten dem menschlichen Mitteilungsbedürfnis. Manches, was in Märchenmotive verknüpft wurde, geht nachweisbar auf Skandalgeschichten zurück. Die von

Gauklern und Bänkelsängern verbreiteten Moritaten lieferten willkommenes Zubehör, zumal sie auch die abergläubischen Vorstellungen freizügig nährten. Dem Landsknecht ging beim Zechen leicht die Zunge durch, und die aus fremden Kriegsdiensten heimgekehrten Reisläufer taten ihrer Renommiersucht volles Genüge. Wie es *Theodor Vernaleken* formulierte, »schaffte das Volk Gestalten, die ihm im Elend vielleicht oft zum Trost gedient haben«. Das Märchen wurde zur verbalen Bewältigung des Schicksals, man stellte sich in ihm die andere, begehrenswerte Seite des Lebens, mit Ruhm, Pracht, Glanz, Reichtum, Überfluß vor, so wie das einem in einer Glückshaut Geborenen oder einem Sonntagskind in den Schoß fällt.

In dem im Märchen häufig wiederkehrenden Bild der Hütte, wo die bittere Armut herrscht und die vielen Kindermäuler kaum zu stopfen sind, weisen sich autochthone Elemente des alpinen Lebensraums aus. Sie berühren sich mit der Realität, etwa in einer während der sogenannten Bündnerwirren wiederholt geschilderten Szene, wo von alten Frauen die ausgehungerten Kinder einer gebrandschatzten Talschaft wie Ziegen auf die Weide getrieben worden sind. Sowohl Sagen wie Märchen illustrieren derartige Sozialnöte, nicht mit anklagender Tendenz, sondern als grobschlächtige Beschwichtigung. Die Bildsprache führte von der harten Wirklichkeit eher weg, die Phantasie suchte nach ausgleichenden Alternativen, die dem bedrängten Leben Sinn und Geist geben sollten.

Mit Vorliebe läßt die Imagination an die trostlos vordergründigen umgehend die dahinterliegenden Räume stoßen, an die Hütte den Palast, an die karge Einöde die glanzvoll blendende Stadt. Der Szenenwechsel erfolgt sprunghaft und meist für den Rest des Märchens. Das Wunderbare, die geforderten Mutproben, Erfolg und Liebe verwischen die Ursprünge. Die Rückkehr an einen Ort, wo man überzählig oder unerwünscht war, vielleicht gar weggejagt wurde, ist im wahrsten Sinne des Wortes kein Thema mehr. Umgekehrt erlöst man die Daheimgebliebenen von ihren Ängsten, indem man die verschwundene und verzauberte

Schwester eines Tages wieder heil den Eltern zurückbringt oder man wird nach vermessenen Abenteuern inne, daß das Elternhaus doch das beste gewesen ist.
Modelle von immer anderem Zuschnitt, anderer Symbolik, anderen Ursprüngen. Bisweilen befremden sie, weil man bestimmte Abläufe schon im Bewußtsein hat und sich deshalb Schwierigkeiten ergeben, so viel Flexibilität zu verkraften.
Aber steckt nicht gerade darin der Reiz des Volksmärchens, behauptet so sich nicht die verschiedenartige, verschiedenfarbige Zugehörigkeit? Deutlich erkennen wir, daß das Märchen auf jede Epoche bezogen werden kann. Die Erfahrungsschichten, aus denen es sich herauskristallisiert hat, seine Aussagekraft, sein Wahrheitsgehalt, seine Anima, bringen es auch in unserer diffusen Zeit zur gültigen Wirkung.

Wildleute und Erdmännli

Im allgemeinen gilt das kleine, der Erde vielfältig verwurzelte Volk weit stärker der Sage als dem Märchen zugehörig. Es ist in den verschiedenen schweizerischen Landesteilen zu ebenso verschiedenen Namen gekommen, die den lokalen Dialekt ausweisen. Häufig ist die Rede vom *Fängg* oder *Fenk*, die sich umgehend in *Fantumli*, *Phantömlein* verwandeln können. In der sehr verbreiteten Bezeichnung *Herdmannli* steckt der mundartliche Herd im Sinn von Erde (Herdöpfel – Erdapfel). Auch *Hewzwärgli* war gebräuchlich, abgeleitet vom Heuen; da ist nicht von der Hand zu weisen, daß die naive Phantasie die heusammelnden Murmeltiere als Wildwesen vermenschlichte. Ein Kuriosum ist sodann der im Oberwallis für Zwerge geläufige Name *Gotwergi*.
Die Wildleute sind vielseitig begabt, nicht nur handwerklich. Auch in der Alchemie, Heil- und Kräuterkunde sowie der Wetterprophetie sind sie bewandert. In ihrer Unberechenbarkeit, die die ganze Skala von Gut und Böse zeigt, spiegeln sie durchaus Menschenart. Im Kollektiv treten sie

gewöhnlich als gutwillige, aber am Ende übel bedankte Helfer auf. Bald fallen sie einer Bosheit zum Opfer, bald scheitern sie an der zudringlichen Neugier der Menschen, weil sie irgendwelche außerordentlichen Merkmale haben, wie nach hinten gedrehte Füße oder Enten- und Hühnerbeine. In der Folge wandern sie aus, verschwinden spurlos im Erdinneren oder suchen im Norden neuen Wohnsitz.
Die Herkunft dieser Wesen wird im religiös-mythischen Sinn zu deuten versucht. Sie sollen zu den abtrünnigen Engeln gehören, die aus dem Paradies vertrieben worden sind. Anders aber als Luzifer und seinen Trabanten blieb ihnen die Gnade gewährt, im irdischen Zwischenreich hängen zu bleiben, wo sie seither die Dualität Tücke und Freundlichkeit verkörpern. Im Guten tragen die Wildleute dem in Bedrängnis geratenen Menschen ihre Hilfe an. Für das von harten Eltern ausgenützte Mädchen wird feinster Faden gesponnen, der völlig verzweifelte Bergbauer kommt nicht nur zu seiner verlorenen Ziege, sondern gleichzeitig zu unerwartetem Reichtum, den er sich klug zu erhalten weiß.
Anders jedoch, wenn ein berechnender Wicht mit schönen Kostbarkeiten ein Mädchen ködert und derart an sich fesselt, daß es ihm nur entrinnt, wenn es seinen Namen herausfindet. Die Nähe zum ›Rumpelstilzchen‹ ist eindeutig, sie wird in einem anderen Märchen ›Die faule Spinnerin‹ nochmals sichtbar, wo des Rätsels Lösung »Hans mit dem spitzigen Hut« lautet.
Die Kopfbedeckung wird somit zu einem Statussymbol, vor allem durch die besondere Form.
»Guten Morgen, guten Morgen, Gian Pitschen mit dem spitzen Hut, der noch nie so spitz war wie er heute ist«, begrüßt das Gesinde den Tyrannen im Felsenschloß. Diese Anrede ist es, die sich die zweite, schlaue Schwester zunutze macht, um das Ende des Bösewichts einzuleiten.
Bemerkenswert ist, wie hier in ein Wildmännchenmärchen das Blaubartmotiv eingewoben wird, sogar mit jener ironiegeladenen Szene, daß der Tückebold sein Opfer selber auf dem Rücken gegen das Elternhaus zurückträgt, um unterwegs sein wohlverdientes Ende zu finden.
Einen gleichfalls tückischen Anstrich haben in der in die-

ser Sammlung vertretenen Schneewittchen-Version die Zwerge, wenn sie darüber abstimmen – abmehren, wie es so anschaulich heißt –, ob sie ihre Kostgängerin wegen des fortgesetzten Ungehorsams in der Pfanne braten wollen. Wie weit für den Entscheid die Schönheit maßgebend ist, wird zwar nicht direkt gesagt, aber daß dem Schönen mehr Chancen eingeräumt bleiben als dem Häßlichen, ist im Märchen unabdingbar.

Teufel und Teufeleien

Während die Erdleute, Wildmannli, Zwerge, und wie immer sie heißen, dem Irdischen verhaftet und auch von zwielichtig irdischem Wesensstoff sind, tauchen die endgültig gefallenen Engel sporadisch als Repräsentanten des Bösen aus ihrem Unterweltsbereich auf. Sie betreiben den Seelenfang nach recht durchsichtigen Methoden und nie ohne Zweckdenken und Eigennutz. Daß sie selten mit dem erhofften Erfolg agieren, steht mit der moralischen Standhaftigkeit ihrer Opfer kaum im Zusammenhang; denn viel eher tappen sie durch ihre eigenen Plumpheiten in die Falle.
Die Teufel im Märchen machen immer wieder den Eindruck, man habe es gar nicht mit zünftigen Repräsentanten der Hölle zu tun. Beinahe möchte man annehmen, sie seien wegen ihrer notorischen Stümperhaftigkeit für den »Außendienst« abgestellt worden. Nur ein weltmännisches Auftreten tarnt ihre Naivität, ihre sozusagen unteuflische Gutgläubigkeit.
Zwei Merkmale sind für sie immerhin kennzeichnend. Sie sind, wenn man sie ruft, umgehend zur Stelle, und sie beharren auf dem Abschluß eines Vertrags. In der Regel ist ihnen jemand wegen einer ausweglosen Finanzlage völlig ausgeliefert, und so glauben sie, ein leichtes Spiel zu haben.
Noch verhältnismäßig harmlos sieht die Sache aus, wenn ein Bauer zum Entgelt für gewährte Hilfe sich selbst für eine bestimmte Zeit im Höllendienst verdingen will. Pikant ist dabei die Episode, daß er in einem der Kessel, unter dem er

das Feuer schüren muß, seinen unbarmherzigen Gläubiger entdeckt. In einer anderen Lesart stößt ein Soldat auf seinen ehemaligen Hauptmann, der ihn übel gepeinigt und geschunden hat. Nun, die höllische Gehilfschaft ist nicht von Dauer, der Teufel wird wortwörtlich abgespeist mit einem Erbsmus und muß froh sein, dem überlegenen Schlaukopf zu entrinnen.

Man kann ungefähr ermessen, wie schwer eine puritanische Glaubensstrenge sich gerade mit solchen Märchen tat. Für sie war es schlechthin eine Persiflage von letzten, entscheidenden Dingen. Selbst *Ernst Bloch* sieht hier eine nicht ungefährliche Unterschätzung der Macht des Bösen. Aber, wie ernst soll man dieses Böse nehmen? Da die negative Ironie sich im Märchen meist gegen Übeltäter richtet, findet sie im professionellen Bösewicht eine dankbare Zielscheibe.

Denn diese Teufel, die keine von den Großen sind, zehren von der Einbildung, das Völkchen spüre sie nicht, auch wenn sie es am Kragen hätten. Ihr unlauteres Verlangen zielt natürlich nicht nach der Holzkohle, die eine naive Frau in der Schürze trägt, sondern nach dem Leben, das in ihrem Schoß sich bildet. Und nun, sobald die Sache durchsichtig wird, ruft man Hilfskräfte auf den Plan: büßender Einsiedler, liest in einem Buch, das so »alt ist wie Methusalem«, einen Magier, der trotz seiner Grausamkeit ein gutes Herz hat. Eine Kongruenz mit dem Dämonenglauben wird deutlich, obwohl die erzählerischen Mittel um vieles subtiler sind als die lärmigen Maskenläufe und die exorzistischen Riten der noch heute lebendigen Volksbräuche.

Im Gletscherbereich

Die Gebirgswelt galt von jeher als Bannkreis des Unheimlichen. Wer von ihrer schroffen Natur und ihren Gewalten abhängig war, lebte unter anderen Gesetzen als die Bewohner der Niederungen. Er sah sich mit Mächten konfrontiert, die ihn immer wieder als irreal anmuten mußten. Der Glaube, an den er sich hielt, half ihm weiter als ein lückenhaftes oder nebulöses Wissen.

Die Sage hat für diese Bereiche wohl den schlüssigeren Beziehungswert. In ihr werden Ängste, Schrecknisse, Katastrophen greifbar, die den Menschen weniger zum Täter als zum Opfer stempeln. So ist es verständlich, wenn Sagenelemente häufig ins Märchen übergreifen und ihm düstere Schattierungen und unheilvolle Ausgänge verleihen.
Ein klares Beispiel dafür ist ›Die Gletscherjungfrau und der Hirte‹. Der Ursprung liegt unzweifelhaft im rätoromanischen Sprachgebiet, und zwar im oberen Engadin beim Piz Morteratsch und dem gleichnamigen Gletscher. Wir haben es mit einem »exilierten« Sagenmärchen zu tun, einleuchtend schon deswegen, weil es im Jura keine Gletscher gibt. Der zweite Teil greift ein weitverbreitetes Motiv auf, nämlich die durch Frevel herbeigeführte Zerstörung einer fruchtbaren Landschaft.
Mit Sagenstoff durchsetzt ist ferner ›Die Schlange und das Mädchen‹, eine eindrucksvoll fabulierte Geschichte, die recht bestürzend endet. Wie bei Dornröschen löst die ausgebliebene Einladung zum Tauffest einen Fluch aus, der diesmal aber stärker bleibt als eine waghalsige Erlösungsprobe.
Vom ›Kind im Adlernest‹ gibt es zahlreiche Überlieferungen. Sie sind nicht alle so balladesk grausam wie es in dem Gedicht ›Aroleid‹ von Gottfried Keller antönt. Für Aquila, dem zur Jungfrau erblühten Adlermädchen, wendet sich abrupt das Schicksal. Aber nochmals muß der Schirmvogel zum fallenden Stern werden, diesmal nicht, um es zu entführen, sondern um es zu retten und ihm ein endgültiges Glück zu verbürgen.
Bergfrauen, Gletscherjungfrauen, Felsenfrauen sind keine dem Zwergenreich angehörige, sondern äußerlich dem Menschen ebenbürtige Wesen, mit Zauberkräften begabt, in einer entrückten Feenwelt beheimatet, die ihnen die Einöde wohnlich und wundersam macht. Sie leben in Kristallpalästen durchaus zufrieden, allenfalls mit der Hoffnung, einen Irdischen zum Ehepartner zu gewinnen. ›Die drei Jungfrauen vom Julierberg‹, die den dem Verderben entronnenen Knaben finden, sind weiß wie Lilien, und bezeichnenderweise ist es die jüngste, die ihn später zum

Bräutigam wählt. Freilich »der kleine Fehl«, wie *Max Lüthi* sagt, stellt die Hochzeit in Frage, und nur mit der Hartnäckigkeit des wahrhaft Verliebten gewinnt, genau im Zuschnitt des »gerade noch«, der Jüngling seine Braut zurück.

Kriegsleute

Das Söldnerwesen war für die meisten im eidgenössischen Staatenbund zusammengefaßten Länder eine existenzielle Notwendigkeit. Einerseits flossen dadurch Geldmittel in wirtschaftlich unterentwickelte Gebiete, andererseits kam es, so schrecklich es sich anhört, zum nicht unerwünschten Aderlaß bei der mittellosen Bevölkerung. Sache des Märchens ist es auch hier nicht, Mißstände anzuprangern, es ist kein Instrument der Gesellschaftskritik trotz vieler Bezüge, die es der Realität gewährt.

Von der anekdotischen Schnurre, mit der ein großmäuliger Reisläufer sich vor seinen geneigten Zuhörern aufblies, war bis zum Märchen gar kein so weiter Schritt. Ähnlich wie Seemannsgarn gesponnen oder Jägerlatein erzählt wurde, münzte man die soldatischen Taten und Untaten in phantastische Währung um.

Nacherzähler mögen die bramarbasierenden Übertreibungen beschnitten haben, mischten ihnen geschickt jene Ingredienzen bei, die sie zur Weiterverbreitung tauglich machten. Sicher zählte der Soldat zu den beliebten Figuren, besonders dann, wenn er in seiner untergeordneten Funktion den Vorgesetzten allerlei Schnippchen schlug. Für den losen Knecht, der auch im Krieg den Unfug nicht lassen kann, sieht die Sache zwar schlimm aus, nachdem ihn sein Ritter mir nichts, dir nichts zum Galgen verurteilt und mit dem entsprechenden Uriasbrief zurück in das Schloß geschickt hat. Was in einer anderen Version ein paar Räuber besorgen, tut diesmal ein neugieriger Abt. Er fälscht das Schreiben, verkehrt die üble Absicht ins Gute, ja, erhöht dieses sogar, indem er eine Heirat mit der Ritterstochter anzettelt.

Fast traumwandlerisch stolpern abgedankte Kriegsleute in

ihr Glück. Sie zählen immer zu den unteren Rängen, aber sie sind ausersehen, erhöht oder begütert zu werden. Wenn die einen plötzlich den Abschied bekommen haben, weil Truppenhaltung in Friedenszeiten ein kostspieliger Luxus ist, desertieren andere auf eigene Faust wie der starke ›La Ramée‹, der sieben Jahre lang vergeblich auf Beförderung gehofft hat. Immerhin profitiert er von seiner soldatischen Robustheit. Das Fleisch, das er zur Sättigung des ihn rettenden Vogels aus dem eigenen Körper schneidet, scheint sich zu regenerieren, und da er dem Tod so oft ins Auge geschaut hat, widersteht er auch lautlos allen Peinigungen, um die verzauberte Prinzessin zu erlösen.
Eigentlich ist der Soldat der Prototyp des Abenteurers. Lange Überlegungen stellt er nie an, auf Befehl und Gehorsam gedrillt, läßt er sich sogar zum Teufel schicken. Dadurch, daß er seinen Schwächen, vor allem dem Hang zum Trunk nachgibt, verhilft er dem Geschehnis zu zusätzlichen Ausweitungen, das heißt, ein schon erreicht geglaubtes Ziel rückt nochmals weit hinaus und muß mit Mühsal neu angegangen werden. Auffällig ist obendrein seine Randposition, er wird im Märchen als eine Figur gezeigt, die entlassen oder entlaufen und somit in erster Linie immer auf sich selber gestellt ist.

Der Bauer im Spiel

Es ist geradezu zwingend, daß in einem Agrarland der Bauer als literarische Integrationsfigur seinen festen Rang hat. Nicht zufällig ist ›Das Bürli im Himmel‹ als schweizerischer Beitrag in die Sammlung der *Brüder Grimm* gekommen. Man könnte es ein Märchen mit Lehrstückcharakter nennen, ein Gleichnis für den Nährstand, der sich allerdings längst in dieser Sicht überlebt hat.
Im Gegensatz zu den Kriegsleuten ist der Bauer seßhaft, sieht kaum über den engen heimischen Horizont hinaus. Die Weltläufe kennt er lediglich vom Hörensagen, Abenteuerlust und Heldentum berühren ihn kaum. Das Erhaltenswerte kümmert ihn mehr als das Erreichenswerte, wo-

bei er sich zuverlässiger an den Instinkt als an große Überlegungen hält.
Die Notlage motiviert ihn zum Handeln, er steigt verzweifelt der verlorenen Ziege nach oder schließt mit dem Teufel einen Pakt. So oder so treibt es ihn zu Herd und Familie, und wenn er hier mit spitzfindiger Arglist zahlt, dann dort mit kindlicher Dankbarkeit.
Bauernschläue und Bauerndummheit halten einander die Waage, das heißt, die Dummheit kann auch reines Versteckspiel sein. Die schwankhafte Konfrontation mit dem Landvogt in dem Märchen ›Der Bauer und der Landvogt‹ zeigt deutliche Ansätze davon, Herausforderung, Übertreibung, Sinnverdrehung bringen den scheinbar Klügeren zur Strecke und setzen ihn dem Spott aus.
Hingegen fällt das wohlhabende Bauerntum gern dem Hochmut und der Verblendung anheim. Man wehrt der Tochter ihre Liebe, die Reue kommt, nachdem das Unglück seinen Lauf genommen hat, zu spät.
Wie zielstrebig der Impuls zu einem Zaubermärchen vom Bäuerlichen ausgehen kann, veranschaulicht ›Das Sonnenschloß‹. In ihm ist alles nach dem Schema der Dreiheit verarbeitet: drei Brüder, die das Geheimnis um die zertanzte Wiese herausfinden wollen, drei schneeweiße Tauben, die sich zu tanzenden Mädchen verwandeln, drei Geschenke der befriedeten Riesen und schließlich drei hochbetagte Frauen, die über die verschiedenen Tiergattungen gebieten. Das Ende führt zum Anfang zurück, da der mit Weisheit und Milde regierende Held seine Eltern und Brüder nicht vergißt, seine einfache Herkunft nicht verleugnet.

Formeln, Sprüche, Widersinn, Abgänge

Der Märchenstil zehrt immer wieder von Formeln. Den Ausgang des Erzählens bildet eine lakonische und gewöhnlich recht eindeutig an die Sache heranführende Feststellung. Zugleich wird der Stoff aus jeder Aktualität herausgehoben. Er kann zwar da oder dort Aktualitätsbezüge entwickeln, aber sie sind nicht relevant. »Es war vor Zeiten«, das richtet

sogleich eine klare Schranke auf und führt ins Unermeßliche. Die nähere Bestimmung unterbleibt oder hält einen Namen in Bereitschaft: »im Schloß von Asuel«, »im Lande Rätien«. Der Phantasie steht es frei, zu orten, doch das angesponnene Geschehen springt über Lokalisierbarkeiten schnell hinweg.
Formeln wirken wie Hebel, die den Stein ins Rollen bringen, ihm zum Weiterrollen verhelfen. Sie gliedern und überbrükken, bieten dem Gedächtnis verläßliche Stützen, bürgen für Teilziele. »Ich schmeck, ich schmeck Christenblut!« schreien Teufel und Räuber; »clinga-clanga, rannten die Kühe den Hügel hinunter«, so wirkt sich der Pfiff des bösen Wildmännchens Gian Pitschen aus. Im Triumphgeheul des anderen Zwerges glaubt man den Urlaut des Primitiven zu vernehmen:

He he ho ho hu hu
hinecht choch ich es Chrütli,
morn hol i mys Brütli.

Zur Erpressungsformel mit dämonischem Einschlag wird das »Ich habe Hunger, was gibst du mir zu essen?« beim Ungeheuer mit dem Eulenkopf.
Auch in Sprüchen wird das Formelhafte wahrgenommen:

Ihr Vöglein, flieget alle fort!
Junker Prahlhans kommt an diesen Ort,
möcht hundert Vögel schießen!

Die nämliche Aufforderung ergeht an Fische und Hasen, bis der erzieherische Zweck erfüllt ist.
Bei Tredeschin haben wir im Dreieck die Alarm- und Echowirkung:

Türk, Türk, Tredeschin raubt den Schimmel!

Und dann:

Tredeschin, wo läufst du hin,
Galgenstrick, wann kommst zurück?

Und schließlich:

Übers Jahr, übers Jahr,
übers Jahr sehn wir uns beide,
mir zu Nutz und dir zu Leide.

Genau betrachtet sind solche Fragen und Antworten absolut unlogisch, sie nehmen einfach vorweg, was weder der Bestohlene noch der Dieb wissen können, aber sie dienen um so mehr der Situationskomik.
Man verübelt dem Märchen die Mitführung einer solchen Komik nicht, schon weil sie in ihrer Widersprüchlichkeit eher nach Eventualität wirkt. Sicher gibt es Momente des Stutzens, wenn dieser und jener vernunftwidrige Zug auftaucht. Die schöne Waldwiese, übel zerstampft, wird nachher vom Tanz der drei Mädchen, »so duftig und zart wie Elfen«, kaum berührt. Vollends beim ungleichen Ehepaar ›Hans und Urschel‹ fühlt man sich vom Widersinn hin- und hergeworfen, es kostet Mühe, den Schluß in dieser übereilten und zwiespältigen Form zu akzeptieren. Freilich gehören zum Zaubermärchen die Konfusionen, die irrealen Kontraste, die Verwirrspiele unter anderem, die vereiteln, was vereitelt werden muß. Die Dingmagie kippt in ein wunderliches Kesseltreiben, das sich gegen unbefugte Liebeswerber richtet. Infinita, die schöne Kaffeewirtin, befiehlt dem ersten Verehrer das Schließen der Fensterläden, aber so oft einer geschlossen ist, öffnet der andere sich wieder. Dasselbe passiert mit zwei Kerzen, die sich nicht auslöschen, zwei Stiefel, die sich nicht ausziehen lassen; Scherze, die während einer ganzen Nacht andauern, und pikanterweise ist sogar der wirkliche Bräutigam mit einbezogen. Erst nachdem die Schöne seiner Erinnerung auf den Weg geholfen hat, finden die beiden sich endgültig.
Wie der Anfang, so nimmt mit Vorliebe der Märchenausgang das Formelhafte auf und führt mehr oder weniger unvermittelt zurück in die Wirklichkeit. Die Erzähler brachten ihr individuelles Temperament zum Einsatz, damit das Geschehen seine Abrundung erfuhr. Glückliches und langes Leben beglaubigen, daß die Geschichte aus ist. Der Bogen zur Gegenwart wird geschlagen, wenn es heißt »der Jubel

dauerte bis zum frühen Morgen, und ich glaube fast, sie sind immer noch dort«. Hier wird so etwas wie ein Schrumpfen der zeitlichen Trennwand bewerkstelligt und natürlich auch da, wo mit dem genüßlichen Tritt in den Hintern die Schlußwendung regelrecht breitgetreten wird: »Ich habe es selbst gesehen, denn ich habe in der Küche den Braten gewendet. Als ich zu lange in den hell erleuchteten Saal starrte, brannte mir der Braten an. Da gab mir der Koch einen Tritt in den Hintern, und ich flog so weit bis auf diesen Stuhl, wo ich nun sitze, um dir diese Geschichte zu erzählen.« Derart lustbetont, mit Witz und Selbstironie, sagt man sich von der Einstimmung los, die man heraufbeschworen hat.

So verschieden die erzählerischen Formen und Gestalten der im Schweizer Bereich ermittelten Märchen sind, so deutlich zeigen sie immer wieder die Übereinstimmung mit der Wesensart ihrer Gattung, so vielseitig umreißen sie ein Menschenbild, hinter dem die zeitlosen seelischen Komponenten sichtbar werden.

Geroldswil im Februar 1986 Fritz Senft

Rätoromanisches Sprachgebiet einschließlich deutschsprachiges Graubünden

Das historische Graubünden kann man als eine Eidgenossenschaft im kleinen bezeichnen. Es zählt an die tausend Täler. Es werden zahlreiche deutschsprachige und rätoromanische Dialekte gesprochen. Dadurch erfährt die Erzähltradition eine stark regionale Gebundenheit. Unverkennbar ist dabei der Einschlag von Sagenstoffen.

Auffallend häufig ist der Anteil von Erdleuten und Wildmännlein, die bald vom Guten, bald vom Bösen geprägt sind. Berge, Gletscher, schwarzer Wald veranschaulichen eine ursprüngliche Landschaft, die trotz aller Abgeschiedenheit den Einflüssen von außen offenstand und dennoch ihren eigenen Charakter in den Märchen und Sagen bewahrte.

F. S.

Scherenschnitt „Die Erdmännlein" H Goller 86

DIE HERKUNFT DER ERDMÄNNLEIN

Nicht alle Engel, die dem Luzifer anhingen und deshalb zur Strafe vom Himmel gestürzt wurden, sind zur Hölle gefahren. Gott hatte ihnen eine Frist gesetzt, innerhalb derer alle dort unten angelangt sein sollten. Es waren aber so viele an der Zahl, daß es dichte Haufen vom Himmel schneite. So kam es, daß einige schneller und früher, andere langsamer und später am Boden auffielen. Diejenigen unter den Engeln, die sich nur hatten überreden lassen und nicht eigentlich böse waren, blieben im Sturz an Bergen und Bäumen hängen.

Aus diesen sind nun nicht Teufel geworden, sondern eben Erdmännlein. Darum machte Gott die Zwerge gar listig und weise, daß sie Bös und Gut wohl erkannten und auch wußten, wozu alle Dinge gut wären. Sie kannten auch die Kraft und Tugend der Gesteine. Und so müssen sie dann bis zum Jüngsten Tage auf der Erde bleiben und wohnen in Erdlöchern und hohlen Bäumen. Manche Leute sagen, daß viele Zwerge deshalb so tückisch sind, weil sie es mit Luzifer gehalten haben und die Menschen um ihr Heil beneiden.

So hauste vor Zeiten überall im Lande an Halden und Hängen das Volk der Zwerge. Tagtäglich kamen sie in die Dörfer und Höfe herab und westen und wirkten, wo Menschen weilten. Sie halfen bei aller Arbeit in Haus und Hof, in Stall und Stadel, auf Anger und Acker, in Weide und Wald, in Hurst und Holz; hüteten Kinder, hirteten das Vieh, schafften und werkten in jedem Gewerbe. Was sie taten und was sie rieten, brachte allerwegen Glück und Segen. Endlich aber verscherzten die Menschen durch ihren Frevelsinn Kunst und Gunst der Zwerge. Die Ursache aber war diese: Sie taten das alles sehr lange, so lange, bis im Dorf die erste ABC-Schule errichtet wurde. Da haben die bösen Schulbuben bald mit Steinen nach ihnen geworfen. Und da sprachen die Erdmännlein:

Uf und us der Erde,
d'Lüt wei spitzfindig werde!

Die Tränen traten ihnen in die Augen, und sie wanderten aus und zogen weit nach Norden in eine neue Heimat. Kaum aber hatten die Zwerge das Land verlassen, so zerfielen ihre Höhlen, Felsen stürzten zu Tal und Erdrutsche verschütteten Weide und Wald, Matten und Äcker mit Geröll.

Mündlich überliefert aus Graubünden

DAS BERGMÄNNLEIN

Es war vor Zeiten ein Bergbäuerlein, ein gar armer Mann, der es auf keinen grünen Zweig bringen konnte. Im Gegenteil, er schien dem Unheil oft geradewegs in die Arme zu laufen. Er besaß am Hang einen steinigen Acker und ein mageres Stücklein Weidland. Die Hütte, in der er mit seiner Frau und fünf kleinen Kindern lebte, stand so schief, daß man nie wußte, ob sie dem nächsten Winter noch standhalten werde und durch alle Klaffen pfiff der Wind. In dem elenden Stall meckerte eine einzige Geiß.
Eines Abends trieb der Hirtenbub die Herde ein, aber die Geiß des armen Mannes war nicht darunter. Der Hirte wußte nicht zu sagen, was aus ihr geworden war. Vermutlich, meinte er, habe der Lämmergeier sie geraubt und ins Felsennest zu seinen Jungen getragen. Darüber brach dem Mann und seiner Frau beinahe das Herz, denn wie sollten sie ohne Milch ihre Kinder ernähren! Die Kinder aber weinten, weil sie mit der Geiß ihren liebsten Spielgefährten verloren hatten. »Seid jetzt nur still und geht schlafen«, tröstete sie der Vater. »Ich will morgen zu den Weiden hinauf und nach dem Muttli suchen!«
Schon vor Tag und Tau machte er sich auf den Weg und durchstöberte jedes Tobel, lief von Grat zu Grat, von Fels zu Fels, und der Tag verging, ohne daß er das gute Tier gefunden hatte. Endlich, als ihm die Knie zitterten, legte er

sich erschöpft, hungrig und durstig unter eine Fluh, um sich auszuruhen, ehe er sich auf den traurigen Heimweg machen mußte.

Während er so lag und an seinen Sorgen würgte, fielen ihm die Augen zu und er sank in tiefen Schlaf. Plötzlich war ihm, als sehe er ein Männlein daherkommen, in ein weites grünes Mäntelein gekleidet und mit einer spitzen roten Mütze auf dem Kopf. An der Hand aber führte er das Muttli, seine verlorene Geiß. Sie sah freilich ganz fremdartig, fast närrisch aus, denn um und um war sie behängt mit Schneckenhäuschen und Muschelschalen. Das Männlein nickte ihm freundlich zu, breitete vor ihm ein Tuch aus Bergflachs aus, legte winzige weiße Gemskäslein darauf und stellte eine leuchtende Kristallschale dazu.

Im selben Moment wurde der Schläfer von einem seltsam klingenden Ton geweckt. Ganz erschrocken fuhr er empor und rieb sich die Augen. Da stieß ihn etwas an, er blickte um sich und wahrlich, da stand leibhaftig seine Geiß, äugte ihn an aus blanken Augen, meckerte vor Freude und schüttelte und rüttelte sich, so daß die Schneckenhäuslein und Muschelschalen durcheinander klapperten. Und da lag auch das weiße Flachstuch im Gras ausgebreitet und darauf die Käslein sowie die Kristallschale, die mit frischer Milch angefüllt war. Vor Freude außer sich, streichelte und herzte der arme Mann das Tier, nahm dann die Schale und trank und sättigte sich an den schönen Käslein. Eben wollte er sich mit der Geiß auf den Heimweg machen, da trat das Männlein zu ihm, in dem grünen Mäntelein und der spitzen roten Kappe, genau wie er es im Traum gesehen hatte. Es sprach: »Guter Mann, trag Sorge zu den Schneckenhäuslein und Muscheln, welche die Geiß trägt und zu allem, was sonst noch in ihrem Fell steckt. Löse daheim alles ab und laß es über Nacht in dem weißen Tuch auf dem Tisch liegen. Was du am Morgen findest, das wäge alles, laß es redlich schätzen nach seinem Wert, verkauf davon, was du willst, und geh mit dem Erlös weislich um. Das Tuch und die Schale bewahre wohl und gib sie niemandem; hältst du aber einst Haus im eigenen Hof oder fährst du hinauf zur Meiensäß, vergiß nicht, alle Abende das Tuch auf ein Tischlein zu breiten und die Schale

mit frischem Nidel daraufzustellen. Tust du nach meinem Rat, wird immerfort Segen und Glück bei dir sein!« Nach dieser langen Rede war das Männlein ebenso schnell verschwunden, wie es gekommen war.
Der Mann meinte noch immer zu träumen, als ihm schon die Kinder entgegenliefen und ihre Freude herausjubelten, daß ihr liebes Muttli wieder da sei. Sorgfältig tat er nun, wie ihn das Männlein geheißen. Er nahm dem Tier die Schnekkenhäuslein und Muscheln aus dem Fell und verwahrte sie in dem weißen Tuch. Am Morgen aber traute er seinen Blikken nicht, denn alles hatte sich zu lauter Gold und Silber verwandelt, und die Kügelein aber, die in den Haaren der Geiß gesteckt hatten, waren zu Perlen geworden. Der gute Mann hatte von solchen Schätzen zwar schon sagen hören, aber natürlich kannte er sich nicht aus damit. Darum ließ er den alten Jos rufen, der weit in der Welt herumgekommen war und mit dem, was er wußte, allen um einige Nasenlängen voraus stand. Der tat ihm kund, was der Schatz wert war, und begleitete ihn in die Stadt zu einem Goldschmied. Aus dem Erlös konnte der Bauer ein schönes Heimwesen kaufen mit Kühen und Geißen, und oben in den Bergen erwarb er sich eine Meiensäß. Aber nie vergaß er, das Gebot des hilfreichen Männleins zu erfüllen, breitete jeden Abend das Tuch auf ein Tischlein vor dem Haus und stellte die Kristallschale darauf, bis zum Rand mit dickem Nidel gefüllt. Auch hat er nie der Neugier nachgegeben und geschaut, wer die Schüssel heimlich leere.
Wenn dann die Nachbarn sahen, wie das Glück bei ihm eingekehrt war und fortan auch seßhaft blieb, sprach wohl der eine zum andern: »Ich glaube fast, der hat einen besonderen Bund mit dem Bergmännlein!«

DIE DREI GLETSCHERJUNGFRAUEN

Droben in einem kleinen Tal unseres Landes lebte eine arme Familie. Es waren Vater, Mutter, viele Kinder und wenig zum Essen und zum Kleiden. Ganz zornig stand eines

Abends die Frau vor der Haustüre und blickte neidisch auf das Haus ihres wohlhabenden Nachbarn.
Da kommt ein Herr im grünen Kleid auf sie zu und sagt: »Wenn Ihr mir das geben wollt, was Ihr in Eurem Schoß tragt, will ich Euch so viel Geld herbeischaffen, als Ihr wollt.«
Die dumme Frau dachte, der Herr in Grün wolle die Holzkohle, die sie in der Schürze trug, und hat es ihm versprochen.
Später hat sie alles ihrem Mann erzählt, und auch dieser mußte lachen ob des Herrn im grünen Gewand. Nach einiger Zeit hat die Frau einen hübschen Knaben geboren, und sie haben als Paten einen alten Einsiedler und als Patin die Frau eines Schlosses in der Nachbarschaft.
Am Abend jenes Tages ist der Herr in Grün gekommen und hat eine Börse voll Gold auf den Tisch gelegt und zum Vater gesagt, in sieben Jahren werde er kommen, um den Jungen zu nehmen, den ihm die Frau versprochen habe. Erst jetzt haben die guten Leute erkannt, wer der Herr im grünen Gewand war und was er gemeint hatte, als er von der Frau das erbeten habe, was sie in ihrem Schoß habe. Ganz betrübt haben sie sich bei ihrem Gevatter, dem frommen Einsiedler, beklagt und haben gejammert. Dieser aber hat sie getröstet und gesagt, sie sollen den Jungen nur gut erziehen, wie es sich gehöre, und ihn, wenn er fünfjährig geworden sei, zum Paten schicken. Gesagt, getan; nach fünf Jahren haben die Eltern das Patenkind zum Paten geschickt. Mit großem Eifer hat der gute Einsiedler den Knaben gelehrt, aus alten Büchern und in fremden Sprachen zu lesen, und später, als die sieben Jahre vorüber waren, hat er dem Patenkind befohlen, hinaufzugehen, dorthin, wo zwei Wege sich kreuzten, und dort in einem alten Buch, das er ihm gab, zu lesen, aber nie aus dem Buch aufzuschauen, geschehe was auch immer geschehen möge. Dann hat er ihm ein Buch, so alt wie Methusalem gegeben, das in Pergament gebunden war, und hat ihn dorthin geführt, wo sich zwei Straßen kreuzten. Dort hat der Junge zu lesen begonnen und hat gelesen und gelesen, lang und ausdauernd.
Unterdessen aber hörte er singen und spielen und tanzen,

als zöge der Hexensabbat vorbei. Da schaute er vom Buch auf, und im gleichen Augenblick hat ihn ein Adler mit seinen Krallen gepackt. Zum Glück aber hatte der Junge das Buch mit sich nehmen können und las darin immerzu. Darum hat ihn der Vogel aus dem Schnabel fallen lassem müssen, und er ist, ohne zu wissen, wie ihm geschah, auf den Julierberg gefallen.

Dort auf dem Julierberg waren drei Gletscherjungfrauen, die ein prächtiges Schloß hatten. Sie haben den Kleinen gefunden und haben ihn in ihren Glaspalast geführt.

Mit diesen drei gütigen Gletscherjungfrauen hat er schöne Tage verlebt, und als ihm der Bart wuchs, hat er sich in die jüngste und schönste der drei Gletscherjungfrauen verliebt. Dieser hat der schöne Jüngling auch gefallen, und bald sollten sie Hochzeit halten.

Vorher wollte der junge Mann aber nochmals die guten alten Eltern und seinen Paten und die Patin besuchen. Mit Tränen auf den Wangen hat er Abschied genommen von seiner Braut, die ihm einen Ring mit einem kostbaren Stein gegeben und gesagt hat:

»Wenn du diesen Stein in der Richtung drehtst, in der ich wohne, muß ich erscheinen, dreh ihn aber um Gottes willen nicht aus Übermut!«

Indem er dankte, hat er versprochen, das Geschenk nicht zu mißbrauchen, und ohne daß er wußte, wie ihm geschah, ist er zu Hause bei den Seinen und bei seiner Patin gewesen. Diese hatte große Freude an ihrem Patenkind, das ein prächtiger Jüngling geworden war, und hat ihm ihre feine Tochter als Braut angeboten. Er aber hat über dieses Geschenk nur gelacht und hat gesagt, er habe eine viel schönere Braut. Ohne zu überlegen, hat er den Ring gedreht, und schon ist die Gletscherjungfrau, seine Braut, gekommen, weiß wie eine Lilie, aber erzürnt und mit drohender Gebärde.

Dann haben sich die beiden auf den Weg gemacht, um wieder zum Julierberg zurückzukehren. Am Abend haben sie in einem Hospiz Quartier bezogen, und nachts hat die böse Gletscherjungfrau dem Bräutigam den Ring vom Finger gezogen und ist verschwunden. Verärgert und traurig fand

sich der Bräutigam am andern Morgen ohne Ring und ohne Braut.
Mutig wie er war, hat er sich aber auf den Weg gemacht, um den Julierberg zu suchen. Alle Leute, denen er begegnete und die er nach dem Julierberg fragte, lachten ihm aber ins Gesicht und sagten, sie hätten nie von einem solchen Berg gehört.
Eines Abends spät ist der Jüngling in einen dunklen Wald gekommen, und müde wie er war, hat er sich auf einen Baumstrunk gesetzt und hat geweint. Da kommt ein Mann, so alt wie Brot und Brei und mit einem langen weißen Bart, zu ihm und sagt:
»Warum weinst du, mein Junge?«
»Ach, ich suche den Julierberg, die drei Mädchen, so weiß wie Lilien, und den Kristallpalast!«
»Das ist weit weg«, antwortet der Alte, »aber da hast du einen Schuh, und mit jedem Schritt, den du in diesem Schuh machst, gehst du drei Stunden weit. Ich bin der Nordwind.«
Daraufhin hat der Nordwind geblasen und hat den Jüngling drei Stunden weit in den Wald hineingetragen.
Dort stand neben einer Höhle ein Mann, alt wie die Steine, mit grauem Haar und weißem Bart.
»Ich bin der Westwind«, hat der gesagt, »und ich weiß schon, warum du gekommen bist, und bin bereit, dir zu helfen. Da hast du einen Hut, der dich unsichtbar macht!«
Mit heißem Dank hat der Jüngling das kostbare Geschenk entgegengenommen, und der Alte hat geblasen, so daß der Westwind den Jüngling drei Stunden weiter in den Wald hineingetragen hat.
Vor dem Jüngling stand dort ein Mann mit zerzaustem Bart und verwittertem Haar, aber sonst noch rüstig.
»Was du suchst, ist dort oben, über dieser Felsenwand«, hat der Mann gesagt, »und dort hinauf vermögen dich weder der Nordwind noch der Westwind zu tragen. Ich aber bin der Föhn und habe in den Bergen alle Macht. Nimm diesen Stab, und wenn du ihn drehst, bist du droben über der Felswand!«
Der Jüngling hat dem Stab eine feste Drehung gegeben, und

im gleichen Augenblick hat ihn der Föhn über die Felswand geschleudert.
Aus dem Schloß der Gletscherjungfrauen, das nicht weit weg war, hörte man Musik und Tanz. Schnell hat der Jüngling den Hut des Westwindes aufgesetzt und ist in den Kristallpalast hineingegangen. Dort hat er seine Braut gesehen, wie sie, bereit, Hochzeit zu feiern, mit einem andern zu Tische saß. Rasch entschlossen hat der Jüngling sich angeschickt, alles wegzuessen, was auf den Teller der Braut kam. Darob ist diese sehr erschrocken und ist auf ihr Zimmer geeilt. Der Jüngling hinter ihr her. Im Zimmer aber hat er den Hut vom Kopf genommen, und da hat ihn die Braut gesehen. Die alte Liebe hat gesiegt, und als sie hinuntergingen zu den Dienern, hat die Gletscherjungfrau ihnen folgende Frage gestellt:
»Wenn einer einen Schlüssel verloren habe, einen neuen habe machen lassen, den alten aber wiederfinde, welchen er wohl benutzen werde?«
»Den alten!« haben die Diener einstimmig erklärt. Darauf hat sie erzählt, wie es mit ihr ergangen war, und am gleichen Tag wurde die Hochzeit mit dem ersten Bräutigam gefeiert.
Ich habe beim Hochzeitsessen die Suppe aufgetragen, und da haben sie mir einen Tritt in den Hintern gegeben, daß ich bis daher geflogen bin.

DAS WILDMÄNNLEIN

Es war einmal ein Mann und eine Frau, die hatten zwei Töchter. Die eine hieß Gretta, die andere Cilgia. Nachdem sie einen langen, schweren Winter durchgemacht hatten, sah der Vater, daß der Heustock von Tag zu Tag bedenklich abnahm, und noch lag der Schnee im Tal. Nur auf einer Halde sah man schon schönes, frisches Grün. Da sagte der Vater zu den Mädchen: »Die eine oder die andere von euch könnte eigentlich morgen an die Halde hinübergehen und unsere zwei Kühe weiden.« Gretta, die ältere, sagte sofort: »O, lieber Vater, laß mich gehen.« Der Vater war zufrieden und sagte: »Gut, geh du nur, und übermorgen kann dann Cilgia gehen. Nur hüte dich, den Pfad, der links hinaufführt, zu betreten. Dort könnte das Wildmännlein kommen, und dann würde es dir schlecht gehen.« Gretta achtete wenig auf diese Worte und war froh und zufrieden, gehen zu können. Am nächsten Morgen gab ihr die Mutter eine Flasche mit Wein und band ihr eine Wurst und ein Stück Brot in ein Tüchlein. Gretta legte ihr Strickzeug in den Korb und ging fröhlich mit den Kühen. Kaum waren sie auf der grünen Halde angelangt, so begannen die Kühe das frische Gras zu rupfen, daß es eine Freude war. Gretta pflückte ein paar Blumen, setzte sich dann hin und begann zu stricken. Nach und nach bekam sie Hunger, und als sie auf die Sonne schaute, sah sie, daß es bald elf Uhr war.

Jetzt nahm sie ihr Essen aus dem Korb und breitete das Tüchlein als Tischtuch auf dem Boden aus. Aber kaum hatte sie einen Bissen von ihrer Wurst gegessen, hörte sie ein Geräusch, und plötzlich sah sie ein kleines Männchen mit einem spitzen Hut den Hügel heraufkommen. Sie erschrak heftig und wollte fliehen, aber das Wildmännlein packte sie am Arm und sagte: »Nichts da, nichts da, du bleibst da und gehst mit mir.« Sie begann zu weinen und sagte: »O Gott, o Gott, was soll aus meinen Kühen werden? Die können nicht allein nach Hause gehen.«

»Das macht nichts«, antwortete das Wildmännlein, »die Kühe will ich schon heimtreiben«, zog seine Pfeife hervor – ein Pfiff – und clinga-clanga liefen die Kühe den Hügel hinunter.

Das Männlein schritt nun voraus und hieß Gretta ihm folgen. Sie gingen und gingen und gingen, bis sie zu einer Türe in einem Felsen kamen. Das Wildmännlein klopfte dreimal mit dem Stock an die Türe, und beim dritten Schlag öffnete sich mit lautem Krachen ein mächtiges Tor. Sie kamen in einen großen Hauseingang, wo viele Männer waren: Schneider, Schuster, Metzger und Hausknechte. Kaum sahen sie das Männlein, so fingen sie mit lauter Stimme zu rufen an:

»Guten Morgen, guten Morgen, Gian Pitschen mit dem spitzen Hut, der noch nie so spitz war, wie er heute ist.«

Nachdem der Alte sein Hausgesinde begrüßt hatte, ließ er Gretta ins Wohnzimmer eintreten. Er nahm aus einer Schreibkommode ein schönes Nähkästchen und daraus eine Schachtel, in der in Watte gehüllt eine Nadel mit einem großen goldenen Kopf lag. Er gab sie Gretta und sprach:
»Diese goldene Nadel schenke ich dir. Du darfst sie jeden Tag tragen, aber gibt acht, daß sie immer blank bleibt. Sonst geht's dir schlecht!«
Nun ging er mit der armen Gretta im ganzen Haus umher und zeigte ihr die Zimmer, die alle wunderschön eingerichtet waren. Vor einer Tür, an der der Schlüssel steckte, blieb er stehen und sagte:
»Paß auf, daß du niemals in dieses Zimmer hineingehst! Sonst könnte es dir übel ergehen.«
Dann gingen sie in die Küche, und er sagte:
»So, du bleibst jetzt bei mir; schwere Arbeit hast du nicht zu verrichten. Du hast nichts zu tun, als mir um sieben in der Früh den Kaffee zu rüsten. Tagsüber bin ich immer im Wald. Dann hast du meinen Leuten im Hause das Essen zu bereiten. Wenn ich abends heimkomme, machst du mir den Kaffee.«
Nun fing Gretta an zu weinen: »O weh, mein armer Vater und meine arme Mutter! Ich bleibe nicht länger hier, ich will nach Hause.«
Jetzt wurde der Alte böse, erhob den Stock und sagte: »Still da, still da! Geheul und Gejammer will ich nicht hören. Sei du zufrieden mit deiner goldenen Nadel und gib acht, daß der Kopf immer sauber bleibt; die Arbeit, die du hier zu tun hast, wird dich nicht umbringen.«
So verging eine Zeit, und jeden Abend, wenn das Wildmännlein heimkam, mußte Gretta ihm die goldene Nadel zeigen, die sie stets bei sich trug, und der Kopf glänzte immer wie am Anfang. Nach ungefähr vierzehn Tagen ging Gretta einmal im Hause umher und besah sich die Stuben, die große Reichtümer enthielten.
Sie dachte bei sich: »Wenn das alles mir und den Meinen gehörte, müßten wir nicht bittere Not leiden.« Plötzlich sah sie, daß es schon bald vier Uhr war, Zeit, um den Kaffee zu machen. Sie stieg die Treppen hinunter, um in die Küche zu

gehen. Als sie an der verbotenen Tür vorbeikam, dachte sie:
»Was mag nur da drin sein, daß der Alte mir nicht erlaubt hineinzugehen. Ei was! Ich gehe hinein. Was weiß der Alte, ob ich die Tür geöffnet habe oder nicht.«
Sie drehte den Schlüssel, im gleichen Augenblick öffnete sich die Tür, und starr vor Entsetzen sah sie den Fußboden voller Blut und überall lagen tote Frauen. Vor Schreck ließ sie die Nadel zu Boden fallen, und der goldene Nadelkopf bekam Blutflecken. Sofort nahm sie die Nadel auf, schlug die Türe zu und sprang hinunter, um sie zu reinigen. Aber alles Waschen und Reiben half nichts, die Flecken waren nicht wegzubringen. So nahm sie die Nadel, wickelte sie in die Watte und legte sie in die Schachtel. Weinend vor Furcht und Entsetzen ging sie in die Küche, um den Kaffee zu kochen.
Der Alte kam zur Türe herein, und als er sah, daß Gretta in Tränen aufgelöst war, fragte er:
»Warum weinst du? Laß mich den goldenen Nadelkopf sehen? Bist du etwa neugierig gewesen?«
Gretta mußte ihm nun die Nadel zeigen. Kaum hatte er die Flecken gesehen, nahm er sie beim Arm, zerrte sie die Treppe hinauf, öffnete die Türe des grausigen Zimmers und sagte:
»Wo du neugierig warst hineinzusehen, da kannst du nun auch hineingehen!« stieß sie hinein und drehte den Schlüssel um.

Während all dies geschah, machten Grettas Eltern sich große Sorge um ihre verschwundene Tochter. Alle Leute im Dorf halfen, um Gretta zu suchen, aber den Pfad links hinauf zu gehen, wagte doch niemand. Auch die andere Tochter, Cilgia, ging jeden Tag ihre Schwester suchen. Eines Abends, als sie halb verzweifelt war, daß sie immer noch keine Spur von ihrer Schwester gefunden hatte, begegnete sie einem alten Mann. Der fragte sie:
»Was klagst und weinst du so?«
Sie antwortete: »Ich habe jetzt alle Hoffnung aufgegeben, meine Schwester zu finden«, und erzählte dem Alten, auf

welche Weise Gretta verschwunden sei. Der Alte sagte sofort:
»Das ist ein Streich von Gian Pitschen mit dem spitzen Hut. Wenn du deine Schwester finden willst, so geh nur zu ihm. Aber sei schlau! Und wenn du ihm begegnest, verneige dich und begrüße ihn freundlich: »Guten Morgen, guten Morgen, Gian Pitschen mit dem spitzen Hut, der noch nie so spitz war, wie er heute ist. Dann wird es gut ablaufen.«
Cilgia dankte dem alten Mann und ging nach Hause. Sie sagte gleich zu ihren Eltern: »Morgen gehe ich mit den Kühen den Pfad links hinauf. Ich will doch sehen, ob ich Gretta nicht finde.«
Alles Bitten und Flehen der Eltern, sich nicht in diese Gefahr zu begeben, war umsonst, und tags darauf ging Cilgia den Pfad links hinauf. Als sie Hunger verspürte, nahm sie ihren Proviant aus dem Korb und begann zu essen. Auf einmal hörte sie Schritte und sah das Wildmännlein den Hügel heraufkommen. Kaum hatte sie es erblickt, stand sie auf, ging ihm ein paar Schritte entgegen und sagte mit einer tiefen Verbeugung:
»Guten Morgen, guten Morgen, Gian Pitschen mit dem spitzen Hut, der noch nie so spitz war, wie er heute ist. Wollt ihr nicht herkommen und mithalten?«
Das Männlein antwortete: »Laß das nur sein, du kommst jetzt mit mir.«
Sie sagte darauf: »Ich will gern mit euch gehen, aber ich fürchte, meine Kühe finden den Heimweg nicht.«
Der Alte nahm seine Pfeife hervor – ein Pfiff – und clingaclanga rannten die Kühe den Hügel hinunter. Nun gingen Cilgia und das Wildmännlein miteinander Arm in Arm den Pfad entlang, bis sie die Türe im Felsen erreichten. Auf den dritten Schlag mit dem Stock öffnete sich das Tor, und die Männer, die im Hausgang versammelt waren, riefen:
»Guten Morgen, guten Morgen, Gian Pitschen mit dem spitzen Hut, der noch nie so spitz war, wie er heute ist!«
»Jetzt hab' ich ihn!« dachte Cilgia, als sie den Gruß hörte.
Der Alte zeigte auch ihr die Zimmer und gab auch ihr die goldene Nadel und sagte zu ihr die gleichen Worte wie zu Gretta. Cilgia gab sich nun alle Mühe, für den Alten gut zu

kochen, sie fegte Stube und Kammer und putzte ihm die Schuhe so sauber, daß er immer bei bester Laune wegging. Auch mit den anderen Männern war sie sehr gut; sie kochte ihnen sogar manchmal Milchreis und Kastanien. Und wenn sie ihr danken wollten, sagte sie:
»Ihr habt nichts zu danken; aber helft mir dann, wenn ich euch einmal brauche!«
Schon am ersten Tag ging Cilgia, während das Wildmännlein im Wald war, hinauf, um die verbotene Tür zu öffnen. Die Nadel mit dem goldenen Kopf ließ sie aber unten in der Schachtel. Vor der Türe angekommen, hörte sie eine schwache Stimme klagen und weinen, und als sie die Türe öffnete, wäre sie vor Entsetzen beinahe zu Boden gesunken. Doch als sie ihre Schwester lebend unter all den Toten erblickte, stürzte sie auf sie zu und umarmte sie, und sie weinten miteinander. Aber dann sagte Cilgia zu Gretta:
»Weine nicht mehr, für dich sollen die bösen Tage bald vorüber sein, ich will schon sehen, daß ich den alten Bösewicht unschädlich machen kann, ich tue alles, um dich zu befreien. Zu essen und zu trinken bringe ich dir jeden Tag soviel du willst, und während der Alte fort ist, werde ich immer hinaufkommen und bei dir bleiben.«
Gretta war natürlich sehr froh, ihre Schwester bei sich zu haben, und sie faßte wieder Mut; denn sie wußte wohl, daß Cilgia kein Stroh im Kopf hatte.
So vergingen acht Tage. An einem Samstagabend, als Cilgia den Alten kommen hörte, fing sie plötzlich an zu weinen und machte ein ganz verzweifeltes Gesicht. Sowie der Alte das sah, wurde er böse und sagte:
»Was fehlt dir? Warum weinst du? Laß mich den goldenen Nadelkopf sehen! Warst du etwa neugierig?«
Cilgia nahm die Nadel aus der Schachtel und zeigte sie ihm. Als er sah, daß der Nadelkopf glänzte wie neu, fragte er:
»Was fehlt dir denn sonst?«
Jetzt begann sie wieder zu weinen und sagte: »Ich muß immer an Vater und Mutter denken; sie müssen ja verhungern, weil beide Töchter fort sind. Wer soll da etwas verdienen? Sie können nicht mehr arbeiten, weil sie alt und schwach sind.«

Darauf sprach der Alte: »Wenn's nur das ist, kannst du heute abend einen Sack mit Käse, Würsten, Butter und Brot füllen und auch ein paar Flaschen Wein dazutun. Aber stecke nicht zuviel hinein, damit ich nicht zu müde werde – morgen früh will ich den Sack dann vor das Haus der Eltern tragen. Jetzt aber mach vorwärts, damit ich meinen Kaffee trinken kann. Ich bin heute abend müde und will ausruhen.«
Der Alte ging bald zu Bett, und dann stieg Cilgia in den Keller hinunter und rüstete Salsiz, Bindenfleisch, Schinken und Zieger. Am nächsten Morgen in aller Frühe ging sie zur Schwester hinauf und sagte:
»Jetzt, liebe Gretta, wenn du alles tust, was ich dir sage, wirst du noch heute nach Hause kommen. Im Hausgang unten habe ich einen großen Sack mit Lebensmitteln gerüstet, und der Alte will ihn zu unseren Eltern tragen. Du mußt in diesen Sack hineinsteigen, und jedesmal, wenn der Alte ausruhen will, rufst du mit schwacher Stimme: »Ich seh's!«
Als Gretta im Sack war, band Cilgia ihn zu und schnitt einige Löcher hinein, damit es Luft gebe. Dann ging sie und rief den Alten. Er kam sofort und nahm den Sack, um ihn auf die Schulter zu heben. Da sagte er aber:
»Zum Teufel, der ist mir zu schwer!«
»Ach was«, antwortete Cilgia, »das scheint euch nur so, weil ihr noch ganz verschlafen seid. Und dann, daß ihr es wißt: ausruhen dürft ihr mir nicht! Ich gehe auf den Balkon hinaus und passe auf, und wenn ich sehe, daß ihr ausruhen wollt, so rufe ich jedesmal: ich seh's. Und wenn ihr etwa gar den Sack ablegen solltet, so könnt ihr sicher sein, daß ich mich sofort ins Wasser werfe.«
Sie hatte inzwischen ihren roten Werktagsrock an einen großen Holzklotz gebunden. Jetzt machte sich der Alte mit seinem Sack auf den Weg. Aber kaum hatte er einige Schritte getan, so begann ihm schon der Schweiß übers Gesicht zu rinnen, und er ruhte einen Augenblick aus. Sofort hörte er eine Stimme, die rief: ›Ich seh's!‹
»Jetzt hat sie's schon gesehen, die Hexe; ich muß weiter.« Aber die Knie begannen ihm zu zittern, er mußte noch einmal ausruhen. Sofort rief die Stimme wieder: ›Ich seh's!‹
»Zum Kuckuck mit dir«, dachte der Alte und nahm den Sack

wieder auf. Aber die Kräfte verließen ihn: Der Sack fällt zu Boden. Im gleichen Augenblick hört er etwas aufschlagen und sieht Cilgias roten Rock im Wasser. Er rennt hin, um ihn zu packen – aber er gleitet aus und fällt ins Wasser. Da springt Cilgia, die hinter einer großen Arve sich versteckt hatte, ans Ufer, nimmt einen großen Stein auf und wirft ihn dem Wildmännlein nach. Dann rief sie laut um Hilfe, und alle Männer aus dem Haus eilten herbei: der Metzger warf ihm Knochen nach, der Schneider das rotglühende Bügeleisen, der Schuster den Klopfstein und so jeder, was er gerade bei sich hatte. Auf einmal gab es ein furchtbares Krachen, und nun wußten alle, daß der heimtückische Bösewicht, der so viele Menschen unglücklich gemacht, seine Tage beendet hatte. Jauchzend, daß das Tal widerhallte, liefen sie schnell hin und befreiten Gretta aus dem Sack.
Voller Freude, von der langen Gefangenschaft erlöst zu sein, gingen sie ins Haus zurück und sofort in den Keller hinunter, um einen armen alten Mann zu holen, der schon seit Jahren dort unten gefangen gewesen war. Der Alte wurde ins Zimmer geführt und sagte zu Cilgia:
»Du bist die einzige, die mit List versuchte, uns von dem bösen Wildmännlein mit dem spitzen Hut zu befreien. Ich bin der einzige, der von der Schrift weiß, die in der Stube drüben in der Tischschublade liegt. Diese Schrift sagt, daß derjenige, der imstande ist, Gian Pitschen mit dem spitzen Hut umzubringen, das ganze Haus erhält mit allem, was drin ist.«
Nun gingen sie in die Stube hinüber und fanden dort alles so, wie der Alte gesagt hatte, und noch dazu einen Beutel voller Goldstücke. Cilgia nahm die Goldstücke und schenkte jedem einige davon. Noch am gleichen Tag schlossen die Schwestern das Haus, nahmen Salsiz, Fleisch und eine Flasche Wein mit sich und machten sich auf den Weg nach Hause. Abends spät kamen sie in ihr Dorf und zu ihrem Haus. Die Fenster waren niedrig, und die Läden schon geschlossen. Trotzdem hörten sie die Stimme ihrer Mutter, die weinend zum Vater sagte:
»O Gott, o Gott, was ist nur aus unseren Mädchen geworden? Ich fürchte, wir sehen sie nie mehr.« Da hielt sich Cil-

gia nicht länger, sie sprang zur Türe, faßte den Klopfer und klopfte so stark, daß der Vater sofort herauskam, um zu öffnen. Kaum hatte er geöffnet, so hingen beide Töchter an seinem Halse, und der Freude war kein Ende, als sie in die Stube zur Mutter kamen. Schon am nächsten Tag gingen sie mit den Eltern ins Haus des Gian Pitschen, und diese bewunderten staunend alle Reichtümer, die sie dort vorfanden. Alle Freundinnen wurden zum Tanz eingeladen, und es gab ein großes Fest.

DER DRACHE IM SCHWARZEN WALD

In Pontresina lebte einmal ein reicher Kaufmann, der hatte einen Sohn und eine Tochter. Der Sohn, Ludwig, war 18 Jahre alt, die Tochter, Luise, ein hübsches Mädchen mit blonden Haaren, war erst 16. Als eines Abends nach dem Nachtessen alle noch um den Tisch saßen, sagte der Vater: »Ich hätte große Lust, morgen nach Chiavenna zu reiten; vielleicht kann ich auf dem Markt, der übermorgen stattfindet, wieder einen so guten Kauf machen wie im vorigen Jahr. Ihr, meine Kinder, könnt euch jedes ein Geschenk wünschen, und wenn ihr nicht unbescheiden seid, so soll sich euer Wunsch erfüllen.«
Dann sah er Ludwig an und sagte: »Es nimmt mich doch wunder, was mein Sohn sich wünscht.«
Ludwigs Augen begannen zu leuchten: »O lieber Vater, bring mir einen Schimmel, damit ich reiten kann!«
»Das fängt ja gut an! Einen Schimmel! Ja meinst du denn, die Goldstücke fliegen nur so in der Luft herum? – Und du, Luise, was wünschest du dir?«
»Ich hätte am liebsten einen Rosenstock mit schönen roten Rosen«, antwortete Luise.
Am nächsten Morgen machte sich der Vater auf den Weg und blieb etwa vierzehn Tage weg. Eines abends, als die Mutter mit den Kindern auf der Bank vor der Haustüre saß, blickte Ludwig zufällig die Dorfstraße hinauf; plötzlich sprang er auf und rief:

»Da kommt der Vater mit dem Schimmel!« und in zwei Sätzen war er neben dem Vater; der sprang vom Pferd und sagte:
»Hier, mein Sohn, hast du deinen Schimmel. Pflege ihn gut, denn eines Tages wird er dir einen großen Dienst erweisen.«
Ludwig umarmte den Vater und dankte ihm von ganzem Herzen. Er nahm den Schimmel sofort am Zügel, führte ihn in den Stall und machte ihm ein gutes Lager bereit. Auch Luise freute sich mächtig über den prächtigen Rosenstock, den der Vater ihr gebracht hatte. Zwei rote Rosen blühten bereits, auch trug der Rosenstock noch zwei Knospen. Der Vater sprach:
»Hör zu, liebes Kind, und merke dir, was ich dir sage. Dieser Rosenstock ist keine gewöhnliche Pflanze: Er sagt nämlich gute und böse Tage voraus. Wenn in unserer Familie irgend etwas Trauriges geschehen wird, verlieren die Rosen ihre schöne rote Farbe und werden welk und blaß; sollte eines von uns gar sterben müssen, werden sie ganz weiß und fallen ab.«
Ludwig ritt nun jeden Tag aus und hatte große Freude an seinem schönen Pferd. Doch eines Tages sprach der Vater zum Sohn:
»Es freut mich sehr, daß das Pferd dir so viel Vergnügen macht; ich muß dir aber sagen, daß du dich bald von ihm wirst trennen müssen. Du bist nun erwachsen, und ich glaube, daß du wohl imstande wärest, unserem Geschäft in Pavia vorzustehen; was du dazu wissen mußt, habe ich dich bereits gelehrt.«
Ludwigs Augen begannen zu leuchten, nur der Gedanke, die Seinen und das heimatliche Tal verlassen zu müssen, tat ihm weh. Aber er sagte sofort: »Ja, Vater, ich bin bereit, in die Fremde zu ziehen, und ich will gerne für unser Geschäft sorgen. Wann soll ich reisen?«
»Sobald als möglich«, antwortete der Vater, »das Wetter ist schön, in zwei Tagen könntest du dich auf den Weg machen.«
Der Koffer war bald gepackt, und am bestimmten Tage brach Ludwig auf. Die Mutter war in den ersten Tagen sehr

betrübt, und auch Luise vermißte ihren Bruder. Doch der Vater zeigte auf den Rosenstock und sagte:
»Seht die Rosen, sie sind frisch und purpurrot. Unserem Sohne geht es gut.«
Nach einiger Zeit kam ein Brief von Ludwig, und sie erfuhren, daß er wohlbehalten in Pavia angekommen sei und es ihm dort gut gefalle. Als die Mutter eines Tages in der Speisekammer nachsah, fand sie, daß für den Winter zu wenig Eingemachtes vorhanden sei, und sagte zu Luise: »Wir wollen heute nachmittag in den Wald gehen und Preiselbeeren pflücken; nimm deinen Korb und komm.«
Der Vater begleitete die Frauen, und sie gingen in den Stazer Wald.
Bald kamen sie in die Nähe des Schwarzen Waldes. Dort war der Boden ganz rot von Preiselbeeren und je weiter sie hineingingen, um so schönere Beeren fanden sie; bald wurden die Körbe schwer und immer schwerer. In ihrem Eifer achtete Luise gar nicht mehr auf Vater und Mutter und ging immer tiefer in die Wildnis hinein. Der Vater aber rief mehrere Male mit lauter Stimme nach ihr, und als er keine Antwort erhielt, lief er aufgeregt im Walde herum und rief und schrie voller Angst nach Luise. Aber nur der Pfiff eines Murmeltieres oder das Krächzen eines Hähers antwortete ihm. Angst und Verzweiflung wurden immer größer, und in seiner Not sagte der Vater zur Mutter:
»Ach, wir Armen, sie ist gewiß bis zur alten Arve auf dem Grünen Boden gegangen, und dann hat sie Herr Drache geholt.«
Sie eilten, so schnell sie konnten, ins Dorf hinaus und berichteten dort vom schrecklichen Unglück. Ihre Nachbarin fing an zu weinen und sagte:
»Sie ist gewiß am gleichen Ort, wo unsere arme Maria nun schon seit einem Jahr ist. Sie ging auch um diese Zeit in den Schwarzen Wald, um Preiselbeeren zu pflücken.«
Nun begannen die Sturmglocken zu läuten, und alle Männer zogen mit Hacken und Gabeln, mit Sensen und Gewehren in den Wald. Sie suchten überall im ganzen weiten Walde, sie riefen, schrien und pfiffen – gefunden aber haben sie nichts.

Denkt euch jetzt das Leid der armen Eltern, als sie erfuhren, daß die Männer keine Spur von ihrer Tochter entdeckt hatten. Die Mutter glaubte in ihrer Verzweiflung, daß Luise tot sei. Der Vater aber schüttelte den Kopf, prüfte den Rosenstock und sprach:

»Luise ist nicht tot; die Rosen sind wohl bleich und ein wenig welk, sie sind aber noch nicht abgefallen.«

Das war nur ein kleiner Trost für die Mutter. Mit schwerem Herzen schrieb der Vater dem Sohne von diesem Unglück, und auch Ludwig wurde darüber über alle Maßen traurig.

So gingen zwei Jahre dahin. Man suchte und suchte nach der armen Luise und fand sie nirgends. Da kam eines Tages ein Brief von Ludwig, worin er schrieb, daß er einen ganz merkwürdigen Traum gehabt habe, der ihn Tag und Nacht beschäftige. Er halte es nicht mehr aus in der Fremde und werde in zwei Tagen abreisen, er müsse zu seinen Eltern ins Engadin.

Als Ludwig in Pontresina eintraf, kannten ihn die Eltern kaum mehr, so schön und groß war er geworden. Er war zwar müde von der langen Reise, aber er erzählte dennoch bis spät in die Nacht hinein, wie es ihm in der Fremde ergangen sei. Am Morgen des folgenden Tages sprach Ludwig:

»Jetzt gehe ich und sattle mein Pferd, denn ich will in den Schwarzen Wald reiten und Luise suchen.«

Der Mutter fuhren diese Worte wie ein Pfeil durchs Herz, und der Vater sagte voll Angst:

»Mein lieber Sohn, stürze dich nicht in solche Gefahr! Willst denn auch du in den Tod gehen? Ist's nicht genug, daß wir ein Kind verloren haben?«

Aber Ludwig sagte: »Mein Entschluß steht fest, nichts kann ihn ändern. Verzweifelt nicht! Ich bin sicher, unsere Luise zu finden; denn das ist mir im Traum verkündet worden.«

Alles Bitten half nichts; Ludwig nahm Abschied und ging.

Er ritt in den Schwarzen Wald hinein und – merkwürdig – wo er auch vorbeikam, war ihm alles bekannt, er hatte es im Traum gesehen. Je tiefer er in den Wald hineinkam, um so wilder wurde es. Der Schimmel hatte große Mühe, sich durch das Gewirr von Zweigen und Wurzeln, von Gestrüpp und Steinen durchzuarbeiten. Die Zweige der Bäume berührten einander, bald war der Kopf des Reiters, bald derjenige des Pferdes in diesem Netz von Ästen verfangen. Der Wald wurde immer unheimlicher, das Pferd war über und über mit Schaum bedeckt, aber von Ludwigs sicherer Hand geleitet, ging es immer vorwärts. Sie kamen an eine Stelle, die weithin voller Alpenrosen war. Das Pferd tat einen Schritt – da gab es einen so furchtbaren Donnerschlag, daß die Erde bebte und das Pferd sich hoch aufbäumte. Dicht vor dem Reiter spaltete sich ein mächtiger Baumstrunk, und hervor sprang ein feuerroter Mann, faßte das Pferd am Zügel und brachte das zitternde Tier zum Stehen. Dann sprach er zu Ludwig, der zu Tode erschrocken sich kaum mehr im Sattel halten konnte:

»Du glücklicher Mann! Sei ruhig und fürchte dich nicht. Dein Pferd ist mit dem letzten Schritt auf die große Alpenrose, die Königin der Blumen dieses Waldes, getreten. Wer aber diese Rose bei aufsteigendem Mond zertritt, der hat die Macht und die Kraft, den Zauber über diesem Wald zu brechen. Reite getrost weiter, die Macht des Drachen, der den Wald verzaubert hat, ist schon jetzt halb gebrochen, er kann dir nichts mehr anhaben.«

»Und meine Schwester Luise?« fragte nun Ludwig, »lebt sie noch? Werde ich sie finden?«

Da sprach der rote Mann: »Paß auf, was ich dir sage, und folge meinem Rat, dann wird's uns beiden gut gehen, dir wie mir. Wenn die Nacht hereinbricht, wirst du das Ende des Waldes erreicht haben. Dann öffnet sich ein Tal, du siehst vor dir eine schöne grüne Ebene und in der Mitte ein großes Haus, von einer hohen Mauer umgeben. Geh hinein und benimm dich so, als wärst du der Herr des Hauses. Die Bewohner, die du dort finden wirst, sind alle stumm. Du bleibst über Nacht dort. Am nächsten Morgen, nach dem Frühstück, gehst du in den Garten hinaus. Rechts neben der Türe ist eine Stelle, wo die Erde frisch aufgewühlt ist. Geh dorthin und nimm diese Rolle, die ich dir hier gebe. Rollst du sie auf, so wird sie länger und länger, und schließlich hältst du einen Stock in der Hand, der so lang und so schwer ist, daß du ihn nur unter Aufbietung aller Kräfte wirst schwingen können. Mit diesem Stock schlägst du dreimal auf jene umgewühlte Erde, der Stock wird brechen, und du fliehst zum Haus zurück. Wenn du das tust, werden wir alle gerettet sein. Denn, weißt du, auch ich bin verzaubert. Ich bin auf der Jagd in den Schwarzen Wald geraten, und der Zauber hat mich gebannt. Zu dir spricht ein Mann, der Engadiner ist wie du, Mathias Silvester aus dem Fextal. Nun aber reite vorwärts, ich muß in meinen Baumstrunk zurück.«

Sprach's und verschwand. Ludwig gab nun dem Schimmel die Sporen und ritt eilends vorwärts. Der Weg war schlecht, es begann schon zu dunkeln, und Ludwig, der doch ein mutiger Jüngling war, fing an, unruhig zu werden. Endlich wurde der Wald lichter, und nach kurzer Zeit öffnete sich vor ihm ein schönes Tal. Es war zwar schon fast Nacht, dennoch erkannte Ludwig die Umrisse eines großen Hauses, und bald hielt er vor einem mächtigen Portal. Zwei gewaltige Löwen aus Marmor lagen davor. Er ritt hinein und kam in einen großen Hof, in dessen Mitte ein schöner Weg zum Hause führte. Zur linken Hand stand ein prächtiger steinerner Brunnen. Ludwig sprang ab, führte sein Pferd an den Brunnen und tränkte es. Dann schlang er den Zügel in einen Ring, der an der Mauer angebracht war und ging ins Haus hinein. Er trat in einen hohen gewölbten Gang mit steinernen Bodenplatten und kostbaren Ölgemälden an den Wänden. Er dachte:

»Das muß ein vornehmes Haus sein, wohin bin ich nur geraten?« Rechts sah er eine Türe, ging hin und klopfte höflich an, aber niemand öffnete ihm. So nahm sich Ludwig ein Herz und öffnete selber. Was sah er da? Ein wunderschönes Zimmer mit Stühlen von rotem Damast und an der Wand einen mächtigen Spiegel mit goldenem Rahmen. Von der Decke hing ein Kronleuchter herab mit mehr als fünfzig Kerzen; diese steckten in Haltern von rosigem Kristall und erfüllten das Zimmer mit wunderbarem Lichte. In der Mitte stand ein runder Tisch mit Gedecken für drei Personen, Teller von feinstem Porzellan und schweres Silberzeug und eine Vase mit frischen Blumen. Kaum hatte Ludwig sich recht im Zimmer umgesehen, öffnete sich auf der linken

Seite eine Türe, und herein traten zwei Damen, ganz in Schwarz gekleidet. Schwarze Schleier hüllten sie ein vom Kopf bis zu den Füßen. Ludwig machte eine tiefe Verbeugung, die Damen verneigten sich leicht. Dann setzten sich alle drei an den Tisch, ohne ein Wort zu sagen, ein Diener trat herein, stellte die Suppe auf den Tisch, verbeugte sich und ging wieder. Nun fingen sie an zu essen; die Damen lüfteten ihre Schleier aber nur bis zum Mund, vom übrigen Gesicht sah man nichts. Es war ein langes Nachtessen; denn der Diener brachte eine Schüssel nach der andern – es wollte gar nicht aufhören – dazu feines Zuckerwerk und edlen alten Wein. Nach dem Mahle standen die Damen auf, verneigten sich wieder und gingen zur Tür hinaus, ohne ein Wort zu sprechen.

»Das scheint mir eine merkwürdig ruhige Gesellschaft zu sein«, dachte Ludwig, stand auf und trat auf den Gang hinaus. Hier fand er den Diener mit einer Laterne. Ludwig gab ihm zu verstehen, daß er sein Pferd sehen wolle, und der Diener führte ihn in den Stall. Dort stand sein Schimmel wohlbehalten neben zwei edlen Rappen. Dann führte der Diener Ludwig in das zweite Stockwerk in ein wunderschönes Schlafzimmer. Ludwig war rechtschaffen müde von der langen Reise. Er ging sofort zu Bett und schlief bald ein. Plötzlich gab es ein starkes Krachen, so daß Ludwig erschreckt auffuhr; als er aber nichts mehr hörte, glaubte er, er habe schwer geträumt, wandte sich auf die andere Seite und schlief bald wieder ein. Aber sein Schlaf sollte nicht lange dauern. Eine Stunde später krachte und rüttelte es so stark, daß Ludwig im Bett gerade aufgerichtet wurde.

»Das ist doch eine merkwürdige Sache«, dachte Ludwig und horchte eine Weile. Da er aber gar nichts mehr hörte, legte er den Kopf wieder aufs Kissen und schlief ein. Genau um Mitternacht aber krachte es so entsetzlich, daß die Erde bebte, das Bett hin und her schwankte wie eine Wiege und Ludwig hinausgeworfen wurde. Da lag er in seiner ganzen Länge am Boden. Das Schlafen war ihm nun gründlich vergangen; dennoch ging er wieder zu Bett, und Stunde um Stunde verging, ohne daß sich etwas geregt

hätte. Etwa um sechs Uhr stand er auf, zog sich an und ging in den Stall, um nach seinem Schimmel zu sehen. Das Pferd war schon gestriegelt und glänzte wie ein Spiegel. Ludwig ging nun noch ein wenig ums Haus herum. Staunend sah er all die Pracht; das herrliche Gebäude, die weißen Statuen und den hohen Springbrunnen mitten im Garten. Dann kehrte er ins Haus zurück und betrat das Zimmer auf der rechten Seite. Wie am Abend war auch jetzt der Tisch für drei Personen gedeckt. Heute waren es Tassen aus grünem Porzellan mit goldenen Verzierungen, und auf den Tellern lag allerlei köstliches Backwerk, dazu Brot und goldgelber Honig. Ludwig setzte sich an den Tisch. Gleich traten die beiden Damen ein, verneigten sich und setzten sich zu ihm. Er bemerkte, daß sie fast nichts zu sich nahmen. Sie schienen sehr traurig zu sein; denn sie seufzten oft tief auf.
»Jetzt kommt der schwerste Augenblick«, sprach Ludwig nun zu sich, »jetzt muß ich hinaus, und der Drache wird kommen, um mich zu zerreißen.« Zugleich fiel ihm aber der Rat des feuerroten Mannes ein, und guten Mutes ging er in den Garten. An der Stelle, wo die Erde frisch aufgewühlt war, zog er die Rolle aus der Tasche. Sie wurde immer länger und immer schwerer, aber Ludwig nahm alle Kraft zusammen und schlug mit dem Stock, der aus der Rolle entstanden war, dreimal auf die umgewühlte Erde. Der Stock brach, und Ludwig floh eiligst gegen das Haus. In diesem Augenblick zitterte und bebte die Erde von einem entsetzlichen Donnerschlag, und eine dicke, gelbe Rauchwolke erfüllte die Luft mit abscheulichem Gestank. Nach einer Weile wagte Ludwig näher zu treten, und was sah er da? Der Drache, der unter dieser Erde übernachtet hatte, war durch die Schläge mit dem Zauberstab in tausend Stücke zerrissen worden. Jetzt wollte Ludwig ins Haus hineingehen, um die Leute zu holen. Da legten sich ihm zwei Arme um den Hals und eine Frauenstimme sagte:
»Ludwig, lieber Bruder, kennst du mich nicht? Ich bin deine Schwester Luise. Was machen unsere Eltern? Leben sie noch?«
Und Ludwig rief voller Freude:
»Ja, ja, sie leben und sind gesund und munter; bald werden

wir sie sehen; das wird eine Freude sein, wenn wir heute abend heimkommen.«

Unter Freudentränen umarmten sich die Geschwister, und bald kam auch die Tochter der Nachbarin, Maria, herzu, die vor drei Jahren im Schwarzen Wald Preiselbeeren gepflückt hatte und nicht mehr zurückgekehrt war. Auch die Knechte und Mägde des Drachen liefen herbei; alle waren durch Zauber stumm geworden, aber jetzt konnten sie wieder reden. Sie dankten ihrem Retter von ganzem Herzen. Dann sagte Ludwig zu Luise und Maria:

»Geht und macht euch fertig, denn wir fahren sofort ab!«

Der Knecht spannte den Schimmel ein, und sie wollten gerade abfahren, da hörten sie einen Jauchzer, und auf das Haus zu kam ein stattlicher Jüngling, wie ein Jäger gekleidet.

Das war Mathias Livester, der auch vom Zauber befreit war. Sie luden ihn ein aufzusteigen, und so fuhren sie singend und jubelnd nach Pontresina. Das war eine Freude, als sie am gleichen Abend noch heimkamen. Leid und Sorgen waren vorbei, und die Freude des Wiedersehens ließ alles Ungemach der vergangenen Zeit vergessen. Schon am folgenden Tage ging Ludwig mit seinem Vater in den entzauberten Schwarzen Wald. Staunend betrachtete der Vater das herrliche Haus des Drachen, das jetzt ihnen gehörte. Bald darauf war dort ein großes Fest. Alle freuten sich, daß der böse Drache tot war; die Musikanten spielten auf, alt und jung tanzte, der Jubel dauerte bis zum frühen Morgen, und ich glaube fast, sie sind immer noch dort.

DIE STIEFTOCHTER

Vor langer Zeit lebten einmal ein Mann und eine Frau und die hatten keine Kinder. Eines Tages, es war mitten im Winter, schnitt sich die Frau im Garten in den Finger. Als sie nun die Blutstropfen im Schnee sah, sprach sie: »Ich wünschte, daß ich ein Mädchen bekäme, so rot wie das Blut, so weiß wie der Schnee und mit Haaren, so schwarz wie die Rabenflügel.«

Einige Zeit später gebar sie ein Mädchen, und das sah aus,

wie sie es sich gewünscht hatte. Doch bald darauf mußte die Frau sterben. Und wie einige Zeit verflossen war, hat sich der Vater wieder verheiratet.
Die Stiefmutter aber haßte das Mädchen und bekam einen Zorn, sooft sie es ansah. Eines Tages befahl sie einem Jäger, die Stieftochter in den Wald zu führen und zu töten. Die Zunge aber solle er ihr bringen, damit sie sicher sei, daß er das Mädchen getötet habe. Der Jäger hat das Mädchen genommen und es in einen Wald hinausgeführt. Als das Mädchen sah, daß es der Jäger töten wollte, flehte sie um ihr Leben. Während das Mädchen so bat und flehte, ging ein Fuchs vorüber und sprach zum Jäger:
»Töte mich anstelle des Mädchens!«
Da tötete der Jäger den Fuchs, schnitt ihm die Zunge heraus und brachte diese der Stiefmutter.
Das Mädchen aber irrte lange im Wald herum. Endlich kam es ganz draußen am Ende des Waldes zu einer Hütte. Sie ging hinein, und da waren zwölf Becher mit Milch und zwölf Teller mit je einem Stück Brot auf dem Tisch. Es nahm von jedem Brot einen Bissen und trank von jedem Becher einen Schluck. Neben dem Tisch waren zwölf Betten. Da ruhte es in jedem, und im letzten schlief es ein.
Gegen Abend sind zwölf Zwerge, denen die Hütte gehörte, nach Hause gekommen.
Da sprach einer nach dem andern: »Jemand hat ein Stück von meinem Brot gegessen; jemand hat aus meinem Becher getrunken.«
Als sie sich nun ins Bett legen wollten, sprachen wiederum alle: »Jemand hat in meinem Bett geruht.«
Im letzten Bett aber fanden sie das schlafende Mädchen. Der Zwerg, dem das Bett gehörte, wollte das Mädchen nicht in der Hütte lassen, doch dieses sagte, sie sollten sich nicht fürchten, sie tue ihnen nichts zuleid und könne ihren Haushalt führen. Da waren sie damit einverstanden.
Am Morgen, als das Mädchen aufgestanden war, sagten ihr die Zwerge, sie solle ja niemanden hereinlassen, solange sie von zu Hause weg seien.
Als die Zwerge nun weggegangen waren, kam eine alte Frau, die klopfte an die Haustür. Es war aber die Stiefmut-

ter, die sich als alte Frau verkleidet hatte. Das Mädchen wollte sie nicht eintreten lassen, aber die Alte bat und bettelte so lange, bis sie ihr die Hütte öffnete. Die alte Frau schenkte dem Mädchen ein Mieder und band es ihr auch selbst um. Dieses Mieder aber war vergiftet. Kaum hatte das Mädchen es angelegt, so fiel es auch schon leblos hin. Die Stiefmutter aber suchte das Weite.

Als die Zwerge zurückkehrten, fanden sie das Mädchen am Boden liegend und trugen es ins Bett. Als es schließlich wieder zu sich kam, fragten die Zwerge, warum es denn doch jemand habe in ihr Haus kommen lassen. Das Mädchen erzählte, wie sehr die Frau gebettelt habe, so daß sie nicht habe widerstehen können, und erzählte, was es mit dem Mieder auf sich habe.

Darob waren die Zwerge sehr ungehalten, und sie haben dem Mädchen eingeschärft, ja niemanden einzulassen, wenn sie außer Hause seien. Sie drohten dem Mädchen, wenn es wieder jemanden ins Haus hereinlasse, würden sie es in einer Pfanne braten. Darauf sind die Zwerge wieder fortgegangen. Kaum waren die Zwerge aus dem Haus, da kam auch schon wieder die Stiefmutter als alte Frau verkleidet an die Türe. Das Mädchen schaute zur Fensterluke hinaus und sagte, es dürfe niemanden hereinlassen. Aber die Alte verstand es, das Mädchen zu überreden, bis es ihr schließlich die Tür öffnete. Wie die Stiefmutter in der Hütte war, brachte sie das Mädchen dazu, einen Apfel zu essen, den sie ihm reichte. Mit dem ersten Bissen, den das Mädchen vom Apfel nahm, fiel es leblos zu Boden. Die Stiefmutter ging auf und davon.

Als die Zwerge zurückkehrten und das Mädchen am Boden fanden, haben sie gewußt, daß es die Alte wieder habe eintreten lassen.

Sie waren sehr erzürnt und haben ausgemehrt, ob sie das Mädchen leben lassen oder in der Pfanne braten sollten. Die Mehrheit aber war dafür, ihm das Leben zu schenken.

Sie legten es aufs Bett und bemühten sich so lange, bis es wieder zu sich kam. Dann haben die Zwerge unter sich abgemacht:

»Zehn von uns verlassen das Haus, und zwei verbergen sich hier im Bett!«

Gesagt, getan. Zwei von ihnen versteckten sich im Bett und die zehn andern gingen weg. Bevor sie aber gegangen sind, haben sie dem Mädchen befohlen die Alte hereinkommen zu lassen, wenn sie komme und anklopfe. Kaum waren die zehn Zwerge aus dem Haus, da kam die Stiefmutter wieder als alte Frau verkleidet und klopfte an die Hüttentür. Da ging das Mädchen hinaus und ließ sie herein. Kaum war sie in der Stube, haben die Zwerge die Stiefmutter getötet. Das Mädchen und die Zwerge aber lebten noch lange glücklich und zufrieden zusammen.

HANS UND URSCHEL

Im Lande Rätien war ein Mann, der war arm. Aber einen kräftigern und schönern fand man im ganzen Gebirge nicht. Und dieser Mann konnte auswählen unter den Töchtern der Berge. Aber er sah nicht auf Tugend, sondern auf Besitztum und Schönheit, als er sich sein Weib nahm.

Der Mann war mildherzig und gebig, wie der Samariter. Sein Weib, das war aber geizig und häbig, wie ein heuchelnder Pharisäer. Er konnte dem Weibe nie zu viel arbeiten und zu wenig essen. Die Weiber der Nachbarschaft nährten reichlicher und pflegten besser ihre Hündlein. Dies machte den Mann wehmütig und niedergeschlagen; er wünschte sich selber den Tod. Schönheit und Kraft entschwanden ihm, wie den Bäumen die welken Blätter, wenn der Winter mahnt.

Einmal ging der Mann in den Wald, um Holz zu fällen für den Winter. Er hatte gearbeitet während vieler, vieler Stunden und nicht herumgeschaut, um besser Mißgeschick und Hunger zu vergessen. Endlich brachte das reiche Weib ihm zum Marend ein Stücklein verschimmeltes Brot und eine sorgfältig ausgehöhlte Käsrinde. Das Weib legte diese in einen zerrissenen Lappen eingewickelte Mittagsmahlzeit auf die Erde, schaute um sich und schnurrte, auf ihren Mann sehend, »wie wenig Arbeit für das, was du mir allein für das Essen kostest!«

Er schwieg, der abgehungerte Mann und eine Träne, so groß wie eine Haselnuß, rollte auf seine Hand herab. Sie aber kehrte ihm den Rücken zu und begab sich mit ihrem ausgemästeten Leibe nach Hause.
Jetzt hob der Arme die Mittagsgabe seines Weibes von der Erde, setzte sich bei der nahen Quelle und erweichte das verschimmelte Brot und die steinharte Käsrinde, um sie besser kauen zu können. Und während er dies tat, flog ein Rabe mit seinem heisern »Rock, Rock, Koa« über ihm durch die Lüfte dahin.
»O möchte doch«, rief er aus, »mein Weib nur für ein einzig Jahr in einen solchen Raben verwandelt werden, um durch Winterkälte und Hungerplage menschlich fühlen zu lernen!«
Kaum waren diese Worte seinen Lippen entgangen, als ein altes Weiblein vor ihm stand, gebeugt auf einen Stab.
»Dein Wunsch ist erfüllt«, sprach die Alte freundlich ihn an. »Siehe, dort schwebt ein Rabe durch die Luft, dieser schwarze Geselle war dein Weib, das dich quälte durch Hunger und Gezänke.«
Und er blickte auf und hörte die Stimme seiner Urschel flehen: »Hans, ach Hans, vergib!«
Die Alte aber blickte den Hans an und sagte weiter: »Sie muß, wie du es gewünscht hast, nun ein volles Jahr Rabe bleiben und Winterkälte und Hungerplage erdulden. Fliegt sie aber vor dieser Zeit vor das Fenster deiner Wohnung und bittet um Einlaß und Nahrung und du wärst schwach genug, es zu gewähren, so ist sie erlöst und du selbst mußt dann ein Jahr Rabe bleiben.«
Grimmig kalt trat nun der Winter auf, Fluß und Sumpf waren mit Eis bedeckt. Die Vögel irrten herum und froren und fanden keine Speise. Da setzte sich auf's Fenstergesimse ein hungriger Rabe und flehte um Einlaß und Futter.
Hans, mitleidig und gebig, öffnete dem armen Gast, ohne an's Weiblein im Walde zu denken, das Fenster.
Aber, gleich flog er selber als Rabe in die kalte Schneeluft hinaus. Umsonst war sein Flehen und Bitten. Urschel war geizig und behäbig und öffnete nicht.

Doch nach Jahreslauf kam Hans in seiner früheren Gestalt wieder. Urschel bereute, was sie früher getan. Sie lebten fortan glücklich, wie Mann und Frau immer es sollten.

TREDESCHIN

Es waren einmal ein Mann und eine Frau, die hatten dreizehn Kinder. Als das dreizehnte, ein schöner Knabe, geboren wurde, sagte der Vater zur Mutter:
»Ich weiß wahrhaftig nicht, was für einen Namen wir ihm geben sollen. Die Namen der Verwandten haben wir bei den zwölf anderen schon aufgebraucht; wie könnten wir ihn nur nennen?«
Die Mutter erwiderte:
»Er ist der dreizehnte, so nennen wir ihn halt Tredeschin.«
Und wirklich, sie tauften ihn Tredeschin, Dreizehnerlein. Es zeigte sich nun bald, daß Tredeschin der Gescheiteste von allen war; nur mit dem Wachsen ging es nicht recht vorwärts, er blieb immer der Kleinste. Schon früh begann er, sich an die Bücher heranzumachen, und bald konnte er viele herrliche Geschichten erzählen. Das war aber nicht alles. Tredeschin hatte auch eine sehr schöne Stimme. Wenn er sang, lauschte jung und alt; und spielte er auf seiner Geige zum Tanz auf, hüpften Knaben und Mädchen noch einmal so hoch wie sonst.
In seinen Büchern las er viel vom schönen Frankreich, und eines Tages packte ihn die Lust, die Welt zu sehen. Er sagte zum Vater:
»Vater, ich will nach Frankreich und dort versuchen, ob König Ludwig mich als Stallknecht in seinen Dienst nimmt.«
Der Vater hatte nichts dagegen, und so nahm Tredeschin von allen Verwandten und Freunden Abschied und machte sich auf den Weg. Nach langer, mühseliger Wanderschaft kam er eines schönen Tages in eine prächtige französische Stadt. Er ging in eine bescheidene Herberge und fragte den

Wirt, wo er den König Ludwig finden könne. Der Wirt sah ihn an und sagte:
»Das will ich euch schon sagen, junger Freund. Seht dort das schöne Haus. Das ist der Palast des Königs Ludwig. Wartet ein wenig, der Knecht wird gleich aus dem Stall kommen, um die Kühe des Königs zu tränken. Da könnt ihr ihn fragen, ob er eine Stelle für euch hat.«
Tredeschin dankte dem Wirt, und um sich die Zeit zu vertreiben, zog er seine Geige hervor und begann so wunderschön zu spielen und zu singen, daß alle Gäste ihn nicht genug loben konnten. Nach einer Weile stand er auf und ging zum Palast hinüber. Eine Wache stellte sich ihm in den Weg und fragte, was er wolle. Tredeschin antwortete:
»Ich hätte Lust, Knecht im Stalle des Königs zu werden.«
Da kam gerade der alte Knecht aus dem Stall mit vielen Kühen, die prächtige Schellen am Halse trugen. Tredeschin ging zu ihm und fragte ihn in aller Bescheidenheit, ob er nicht eine Stelle für ihn habe. Der Alte schüttelte zuerst bedenklich den Kopf, als er den Kleinen vor sich sah – Tredeschin war nämlich immer noch sehr klein für sein Alter – aber das hübsche, freundliche Gesicht gefiel ihm doch, und so sagte er:
»Komm mit mir in den Stall.«
Dort setzten sie sich auf eine Bank, der Alte fragte Tredeschin nach seinem Namen und sagte, er wolle ihn schon als Knecht nehmen, aber erst müsse er noch den Schreiber des Königs fragen. Tredeschin war damit zufrieden und fing gleich an, eine Beschäftigung zu suchen. Er nahm den Besen und putzte den Stall, bis er blitzsauber war. Das gefiel dem alten Knecht ausnehmend gut, und so wurde Tredeschin als Stallknecht angestellt. Er fühlte sich wohl bei seiner Arbeit, und alle hatten ihn gern. Abends, wenn er im Hof des Königs die Kühe tränkte, sang er jedesmal, daß es eine Freude war.
Einmal traf es sich, daß der König gerade am Fenster stand und den schönen Gesang hörte. Er rief die Königin und die Prinzessin, damit sie die prächtige Stimme auch bewundern könnten, und fragte den Schreiber, wer das sei. Der Schreiber antwortete:

»Das ist der neue Stallknecht.«
Da sprach der König:
»Es ist doch jammerschade, einen so guten Sänger im Stall zu belassen. Geht hinunter und holt ihn sofort herauf.«
Der Schreiber ging in den Stall und befahl Tredeschin, zum König hinaufzugehen. Tredeschin zog andere Kleider an, nahm seine Geige und ging hinauf in die Gemächer des Königs. Dort begann er so schön zu singen und zu spielen, daß alle staunten. Der König nahm ihn darauf bei der Hand und sagte sehr freundlich:
»Wißt ihr was, mein junger Freund? Ihr bleibt mir nicht länger im Stall. Ihr kommt zu mir ins Schloß, und ich werde euch Musikunterricht geben lassen.«
Tredeschin war überglücklich, und er dankte dem guten König herzlich. Bald mochten alle den Tredeschin gerne leiden, denn er blieb immer bescheiden und wurde gar nicht stolz. Auch der König gewann ihn lieb und ernannte ihn bald zu seinem zweiten Schreiber.
Nach einiger Zeit geschah es, daß der König mißmutig und krank wurde. Er konnte nachts nicht mehr schlafen und wurde von Tag zu Tag trübsinniger. Immerfort dachte er an seinen Feind, den Großtürken, der ihm seinen schönen Schimmel im letzten Kriege geraubt hatte. Schließlich ließ er öffentlich bekanntmachen, daß derjenige, der imstande sei, den Schimmel zurückzubringen, seine Tochter oder die Hälfte seines Vermögens erhalten solle. Tredeschin las dieses Dekret und dachte darüber nach, auf welche Weise es wohl möglich wäre, den Schimmel aus dem Stall des Großtürken zu stehlen. Er war ein pfiffiger Bursche, und bald kam ihm ein guter Gedanke. So ging er denn zum König und sagte ihm, er wolle ins Land der Türken gehen, um den schönen Schimmel zu holen. Der König war außerordentlich froh darüber, die Königin aber und die junge Prinzessin wollten ihn nicht gehen lassen. Tredeschin machte sich dennoch auf den Weg, und lange, lange sah man ihn nicht mehr.
Nach einer beschwerlichen Reise kam er mit dem Schiff eines Abends spät im Türkenland an. Er war gekleidet wie ein Kaufmann und hatte eine Kiste voll alter Weine bei sich.

In einige Flaschen hatte er ein starkes Schlafpulver gegeben. Sofort ging er zum Schloß des Türken hinauf und spähte umher, wo der Stall sei. Er fand ihn bald und fragte die Knechte, ob er nicht im Stall übernachten dürfe. Sie ließen ihn ein und gaben ihm zu essen und zu trinken. Tredeschin sah sich im Stalle um und lobte das prächtige Vieh über alle Maßen. Im Gespräch fragte er den Oberknecht: »Habt ihr denn gar keine Pferde?«

Aber der Alte wollte nicht recht heraus mit der Sprache; er sagte nur: »Die sind in einem andern Stall.«

Nun setzten sich alle um den Stalltisch, und Tredeschin begann, sie mit seinem guten Wein zu bewirten. Einstweilen gab er ihnen aber solchen, der kein Schlafpulver enthielt. Der Wein war stark und stieg den Knechten bald zu Kopf, besonders der Oberknecht wurde sehr mitteilsam. Er nahm Tredeschin beiseite und sagte ihm ins Ohr:

»Kommt mit mir, junger Freund; es ist zwar bei schwerer Strafe verboten, einen Fremden in den Pferdestall zu führen, aber euch will ich doch die Pferde zeigen.«

Tredeschin lobte die schönen Tiere und fragte:

»Schimmel habt ihr nicht?«

Der Alte sagte:

»Nun denn, wenn ihr wollt, will ich euch den Schimmel zeigen, obschon es mich den Kopf kosten kann.«

Er ging mit Tredeschin in einen kleinen Stall, in dem keine anderen Pferde waren, als der Schimmel des Königs von Frankreich. Tredeschin achtete genau auf alles und sah aufmerksam überall herum. Darauf kehrten sie zu den anderen Knechten zurück, und jetzt nahm Tredeschin die Flaschen mit dem Wein, der das Schlafpulver enthielt. Sie tranken lustig weiter, aber nach und nach fing einer nach dem andern an einzunicken, bis schließlich alle schliefen wie Murmeltiere, die Köpfe auf dem Tisch.

Jetzt zog Tredeschin ein Bündel Watte hervor, das er mitgebracht hatte, ging in den Stall des Schimmels, band dem Pferd die Watte unter die Hufe und lief schnell mit ihm hinunter zu seinem Schiff. Aber auf einmal fing der Papagei, der immer in der Küche war, aus Leibeskräften zu schreien an:

»Türk, Türk, Tredeschin raubt den schönen Schimmel.«
Der Großtürk wachte auf vom Geschrei, sprang im Hemd ans Fenster und schrie hinunter:

Tredeschin, wo läufst du hin?
Galgenstrick, wann kommst zurück?

Tredeschin antwortete mit ganz feiner Stimme:

Übers Jahr, übers Jahr,
übers Jahr sehn wir uns beide,
mir zu Nutz und dir zu Leide.

Und auf und davon war er mit dem Schimmel. Ihr könnt euch die Freude vorstellen, die in Frankreich herrschte, als eines Tages Tredeschin mit dem Schimmel ankam. Der König dankte ihm mit vielen Worten, aber vom Vermögen oder von der Tochter sagte er gar nichts. Er wußte sehr wohl, daß Tredeschin viel zu bescheiden war, um selbst danach zu fragen. So vergingen einige Monate. Da begann der König wieder unzufrieden und reizbar zu werden. Er dachte an seine schöne Bettdecke von blauem Brokat, die die Soldaten des Großtürken ihm im gleichen Kriege geraubt hatten. Auch diesmal ließ er verkünden, daß derjenige, der die Decke bringe, seine Tochter oder die Hälfte seines Vermögens erhalten solle.
Tredeschin dachte bei sich:
»Ist es das erste Mal so gut gegangen, wird es diesmal auch glücken«, und entschloß sich kurzerhand zu diesem Wagnis. Als der König hörte, daß er nochmals ins Türkenland gehen wolle, um auch die Decke zu holen, freute er sich und sagte zu Tredeschin:
»Wenn du mir auch die Decke zurückbringst, bekommst du unter allen Umständen die Prinzessin oder die Hälfte meines Vermögens.«
Tredeschin brach also auf. Er nahm nichts mit sich als eine Leiter und eine lange Schnur. Eines Abends spät kam er müde und matt im Lande der Türken an. Ohne Zeit zu verlieren, schlich er sich zum Palast. Unter dem Fenster des Schlafzimmers versteckte er sich hinter einer Mauerecke. Bald hörte er, wie der Türke und die Türkin sich zur Ruhe

legten. Er wartete noch ein Weilchen, bis er die beiden gewaltig schnarchen hörte. Dann legte er die Leiter an und stieg leise die Sprossen hinauf. Droben sprang er durch das offene Fenster hinein, schlich leise zum Bett, auf dem die schöne blaue Decke lag, und band seine Schnur an einen Zipfel der Decke. Dann stieg er schnell wieder hinunter, und er begann sachte an der Schnur zu ziehen. Die Türkin wachte auf, gab dem Türken einen Rippenstoß und sagte:
»Was ziehst du mir die Decke weg?«
»Ach dummes Zeug«, antwortete der Türke, »ich habe nicht daran gezogen, du hast daran gezogen.«
Sobald sie wieder eingeschlafen waren, zog Tredeschin wieder an der Schnur.
Jetzt wurde die Türkin wütend und schrie: »So zieh doch nicht immer an der Decke!«
Der Türke antwortete: »Bist du verrückt geworden? Ich habe nicht gezogen, du ziehst in einem fort und läßt mir nicht einmal bei Nacht meine Ruhe.«
Nun begannen sie zu zanken und zu lärmen, und währenddessen tat Tredeschin einen so starken Zug an der Schnur, daß die Decke zum Fenster hinausflog. In ihrem Zorn merkten die Streitenden gar nichts, und Tredeschin lief hurtig mit seiner Decke an den Strand hinunter. Aber auch diesmal fing der Papagei aus Leibeskräften an zu schreien:

Türk, Türk, Tredeschin raubt die schöne Decke!

Kaum hörte das der Türke, sprang er im Hemd ans Fenster und schrie voll Zorn hinunter:

Tredeschin, wo läufst du hin?
Galgenstrick, wann kommst du zurück?

Tredeschin antwortete:

Übers Jahr, übers Jahr,
übers Jahr sehn wir uns beide,
mir zu Nutz und dir zu Leide.

Und auf und davon war er mit der Decke.

Als Tredeschin nach langer Reise glücklich in der Stadt des Königs ankam, war wieder große Freude im Schloß. Der König dankte ihm sehr, aber von seinem Versprechen wollte er auch diesmal nichts wissen. So verging ein Jahr. Da fragte Tredeschin doch eines Abends in aller Bescheidenheit nach seinem Lohn. Der König wußte nicht recht, was sagen; da kam ihm plötzlich der Gedanke, den armen Tredeschin noch einmal ins Türkenland zu schicken. Er sagte also:
»Ja, ich will dir geben, was du verlangst, aber nur unter einer Bedingung: Du mußt noch einmal zum Großtürken gehen und den Papagei holen, der sprechen kann; den hat man mir auch gestohlen.«
Bei sich dachte der König:
»Diesmal kehrt er nicht mehr zurück, diesmal wird er sicher erwischt, und dann habe ich den Schimmel und die Decke umsonst zurückerhalten.«
Tredeschin überlegte es sich lange, ob er sich in diese Gefahr stürzen solle, schließlich entschloß er sich, auch das dritte Mal das Wagnis zu unternehmen. Er ging zum Zukkerbäcker und wies ihn an, Zuckerzeltchen herzustellen, die ein Schlafpulver enthielten. Dann machte er sich auf die Fahrt, obwohl die Prinzessin ihn durchaus zurückhalten wollte. Diesmal zog er zerlumpte Kleider an, daß er aussah wie ein Bettler. Abends spät kam er im Türkenland an und ging in den Palast, ohne daß die Wachen ihn sahen. Er ging sofort in die Küche und sagte in jammerndem Ton zur Köchin:
»Um Gottes willen, gebt mir etwas zu essen; es ist schon viele Tage her, seit ich etwas Warmes gegessen habe.«
Die Köchin hatte Mitleid mit dem armen Tropf und gab ihm einen Teller warme Suppe. Während er seine Suppe aß, kam der Diener des Großtürken in die Küche. Er bemerkte den Bettler, sah ihn genauer an, und auf einmal rief er:
»Faßt den Dieb! Faßt den Dieb! Das ist der Strolch, der Tredeschin, der den Schimmel und die Decke gestohlen hat!«
Auf diesen Ruf kamen alle Diener und Kammerzofen und zuletzt der Großtürke selbst herbeigeeilt. Kaum sah dieser den Tredeschin, so schrie er: »Packt ihn, bindet ihn, würgt

ihn, hängt ihn, zerreibt ihn lebendig zwischen zwei Mühlsteinen!«
Tredeschin fiel auf die Knie und flehte:
»Macht mit mir, was ihr wollt, nur habt die Barmherzigkeit und bindet mich nicht mit einem Strohseil; denn ich bin am Bauch furchtbar kitzlig, und das wäre das Schrecklichste für mich.«
Darauf rief der Türke:
»Gerade das sollst du erleiden. Nehmt ihn und bindet ihn mit einem Seil aus Stroh an die Küchentür!«
Dies geschah, und Tredeschin bat und flehte, ihn doch am Leben zu lassen.
»Diese Nacht magst du noch leben«, sagte der Türke, »aber morgen in aller Frühe wirst du gehängt!«
Kaum war Tredeschin allein, so zerschnitt er das Strohseil. Dann trat er an den goldenen Käfig des Papageis heran und fragte den Papagei mit leiser Stimme:
»Papagei, willst du Zuckerzeltchen?«
Sofort antwortete der Papagei:
»Her damit, her damit!«
So fraß der Papagei einige Zeltchen und schlief sofort fest ein. Jetzt nahm Tredeschin Käfig und Papagei, sprang zum Fenster hinaus und lief zu seinem Schiff hinunter, so schnell er konnte. Aber kaum waren sie abgefahren, so erwachte der Papagei und begann sofort zu kreischen:
»Türk, Türk, Tredeschin stiehlt mich! Tredeschin stiehlt mich!«
Der Türke sprang wieder im Hemd ans Fenster und halb toll vor Wut brüllte er hinaus:

Tredeschin, wo läufst du hin?
Galgenstrick, wann kommst zurück?

Tredeschin antwortete:

Nimmermehr, nimmermehr, nimmermehr!

Und auf und davon war er mit dem Papagei.
Inzwischen hatte der König von Frankreich schlechte Tage. Seine Frau und besonders seine Tochter machten ihm immerfort die bittersten Vorwürfe, daß er den armen Trede-

schin zum dritten Mal ins Türkenland geschickt habe. Die Tochter war sehr traurig; denn sie hatte unseren Tredeschin sehr lieb gewonnen. Nun stellt euch einmal die Freude vor, als Tredeschin gesund und munter mit dem Papagei heimkam! Der König nahm ihn bei der Hand und sagte: »Wahrhaftig, jetzt hast du meine Tochter verdient.«

Es ging nicht lange, so gab es im Schloß eine prächtige Hochzeit. Sie aßen und tranken und tanzten die ganze Nacht und hatten große Freude alle miteinander – und die Geschichte ist aus.

Deutsches Sprachgebiet

Mit ›Das Bürli im Himmel‹ haben die Brüder Grimm in ihre Sammlung ein zwar typisches, aber bei weitem nicht allgemein schlüssiges Märchen aus der deutschsprachigen Schweiz aufgenommen. Die Handelswege, die Pilger- und Heeresstraßen boten der Fabulierlust eine weitreichende Verbreitung. Gaukler und Bänkelsänger gaben Motive weiter, die, im Lauf der Zeit eine poetische Ausgestaltung erfuhren. Unverkennbar beruhte manches, was ins Wunderbare transponiert wurde, auf sozialen Nöten und Mißständen. Das Märchen geht freilich nicht auf Anprangerungen aus, es schafft, wie Theodor Vernaleken meint, »Gestalten, die dem Volk im Elend vielleicht oft zum Trost gedient haben«.
Das Einzelschicksal enthält Anreize zur Lebensbewältigung. Der Held wird freigesetzt für Taten und Abenteuer, wobei ihm sowohl durch Helfer wie durch Zufälle immer wieder Beistand geleistet wird. Dabei gibt es auch durchaus erzieherische Tendenzen, wie es der ›Junker Prahlhans‹ offenkundig macht oder, im negativen Sinn, ›Der Glasbrunnen‹ verdeutlicht.

F. S.

Scherenschnitt „Hans Öfeli-Chächeli" H Goller 86

DER GLASBRUNNEN

Auf einem Schloß lebte ein Fräulein, das war so schön, es gab nichts Schöneres auf der Welt. Aber sie war hochmütig und lachte alle Männer aus, die aufs Schloß kamen, auch die reichsten Grafensöhne. Den einen wie den andern hielt sie zum besten und tat, als ob sie ihn leiden möchte, aber nach einiger Zeit lachte sie ihn umso mehr aus und schickte ihn heim wie alle andern.

Einst kam ein junger Mann. Der gefiel ihr. Aber sie war so stolz, daß sie es nicht zugeben konnte. Er brachte ihr Geschenke. Eines schöner als das andere. Und sie nahm die Geschenke an. Doch sooft er sie fragte, ob sie nun seine Braut werden wolle, hatte sie eine Ausrede.

Eines Abends saßen sie miteinander bei einer Quelle im Wald. Die Quelle entsprang einem moosigen Felsen, und ein Dornbusch verdeckte sie. Da sagte das Schloßfräulein zum jungen Mann:

»Ich weiß ja, daß du mir keinen Fürstenthron zum Brautgeschenk machen kannst, aber wenn du mir an der Stelle dieses Dornbuschs einen Brunnen aus Glas baust, so klar wie das Wasser das dareinfließt, will ich deine Braut sein.«

Der junge Mann ging zu seiner Mutter und erzählte ihr, was das Fräulein von ihm fordere. Die Mutter aber war eine Fee und machte, daß am Morgen an der Stelle des Dornbuschs ein Glasbrunnen stand, der so klar war wie das Wasser, das dareinfloß.

Doch als der junge Mann zum Fräulein kam und sie fragte, ob sie nun seine Braut werden wolle, sagte sie:

»Etwas hast du getan, aber es ist nicht alles, was ich von dir verlangen darf; zum Brunnen gehört ein Garten. Du mußt mir an die Stelle des Waldes einen Garten pflanzen, der zum Brunnen paßt, sonst kann ich deine Braut nicht sein.«

Der junge Mann sagte es seiner Mutter. Und als das Schloßfräulein am andern Morgen nachsah, begann es um sie her zu blühen. Veilchenblau und rosenrot. Und in einem einzigen Augenblick war der Wald in einen prächtigen Garten verwandelt. Mit Blumen und Sträuchern. Und in den Sträuchern sangen wilde und zahme Vögel. Es war eine Freude. Und als der junge Mann kam, wäre ihm das Fräulein fast um den Hals gefallen und seine Braut geworden. Sie sagte jedoch:

»Der Brunnen gefällt mir, und der Garten gefällt mir, aber es ist nicht alles, was ich von dir verlangen darf; an der Stelle des alten Schlosses will ich ein neues haben. Aus Perlen und Rubin. Sonst kann ich deine Braut nicht sein.«

Als dies der junge Mann seiner Mutter sagte, wurde sie böse. Und in einem einzigen Augenblick war der Garten verschwunden, und der alte Wald stand wieder da. Nur den Glasbrunnen ließ die Fee stehen. Daran saß das Schloßfräulein von nun an jeden Abend und wartete auf den jungen Mann. Er kam aber nicht mehr.

DAS MÄRCHEN VOM BUBEN, DER SCHÖN FLÖTEN KONNTE

Es war einmal ein Mann mit seiner Frau, habliche Leute, die gemächlich von ihren Zinsen lebten. Die hatten einen einzigen Sohn, einen hübschen aufgeweckten Knaben. Der hatte eine Flöte, die tönte so fein wie keine andere auf der Welt. Wenn er darauf blies, da war's, als pfiffen und trillerten alle Vögel unter dem Himmel und sprudelten und quirlten die Bächlein am Berg und als würde der Wind säuseln und rauschen in den Wäldern. Seine Gespielen vergaßen allemal Spiel und Streit, wenn er sein Flötlein hervornahm und ihnen ein Lied darauf spielte. Und die Leute schauten von ihrer Arbeit auf und lauschten seinem Spiel.

Der Vater hatte sein Geld weit fort in der Stadt angelegt, und als nun der Sohn herangewachsen war, sagte er zu ihm:

»Morgen reise ich in die Stadt, um die fälligen Zinsen heimzuholen, du sollst mich begleiten, dann weißt du das nächste Mal den Weg selber und kannst allein gehen. Denn

ich bin schon alt, und da fällt mir das Reisen beschwerlich.«
Also gingen sie miteinander nach der Stadt und holten das Geld heim.
Nach einem Jahr sagte der Vater: »Geh nun und hole mir den Zins heim, den Weg kennst du ja jetzt.«
Der Bub machte sich fröhlich auf den Weg, und wenn's ihm langweilig wurde, nahm er seine Flöte hervor und blies ein munteres Stücklein nach dem anderen, und seine Füße hielten Schritt mit den Tönen. So kam er schneller in die Stadt, als er gedacht. Er zog das Geld ein und schob den prallvollen Beutel in den Sack. Aber da es zu spät geworden war, als daß er den Tag noch hätte heimgelangen mögen, so mußte er über Nacht in der Stadt bleiben. Gegen Abend ging er noch durch die Straßen und Gassen, um sich das Leben und Treiben zu beschauen. Da sah er auf dem Platz vor dem Rathaus einen Haufen Leute; die schlugen einen nackten Leichnam mit Ruten. Einer nach dem andern trat hinzu und versetzte dem Toten einen Streich und sprach eine Verwünschung über ihn aus. Das deuchte den Buben grausam, denn er hatte ein weiches Herz, und er fragte einen Mann, warum sie das täten.
»Ei, junger Herr«, erwiderte der, »das ist hierzulande so der Brauch: Wer stirbt, und hat seine Schulden nicht bezahlt, der wird ausgepeitscht, andern zur Lehre und Warnung.«
Ach, dachte der Bub da bei sich, die Toten soll man lassen ruhn und nicht noch einmal töten; denn der Tod hebt alles auf und er fragte, wie groß denn die Schuld des Toten wäre. Als man ihm den Betrag nannte, griff er in den Sack, zog den Beutel hervor und bezahlte alles, damit sie nur abließen, den Toten zu schlagen. Und siehe, es war just so viel, als er an Zinsen eingenommen hatte. Die Leute aber schüttelten den Kopf, tippten sich an die Stirn und lachten über ihn und sagten zueinander:
»Der hat eins mit dem Sack überbekommen und jetzt sucht er silberne Glöcklein unter dem Regenbogen!«
Denn sie meinten, er müsse ein rechter Narr sein, daß er sein Geld für so etwas gebe.
Am andern Morgen zog der gute Bub munter flötend nach

Hause. Es war ihm so wohl ums Herz, er wußte nicht warum. Aber als er statt des vollen Beutels den leeren heimbrachte, da ward der Vater zornig und schrie:
»Du wirst auch erst klug, wenn die Steine zu Teig werden. Was hast du mit fremden Sachen zu schaffen! Und überdies, die Toten, die spüren nichts mehr.«
Übers Jahr hieß der Vater den Buben wieder in die Stadt gehen, um den Zins einzuziehen.
»Aber daß du dich nicht unterstehst, das Geld wieder zu vertun, das sage ich dir!« sprach der Vater, als der Bub aufbrach.
Der kam in die Stadt und zog das Geld ein. Auf dem Heimweg kam er an einem verfallenen Turm vorüber. Zuunterst im Gemäuer war ein Loch. Daraus winkte ihm eine weiße Frauenhand. Er trat hinzu und fragte:
»Wer ist drinnen?«
»Ach«, rief eine sanfte Stimme zurück, »ach, hilf mir heraus, hilf mir heraus! Ich bin hier eingekerkert ohne Schuld!«
Der Bub nahm seinen Stock und machte das Loch größer, bis die Gefangene hindurchschlüpfen konnte. Es war eine schöne Jungfrau, aber gar zart und blaß von Angesicht. Er begleitete sie nach der Stadt zurück und brachte sie in eine Herberge und er legte dem Wirt den Preis im voraus hin. Und siehe, wieder war es just so viel wie der ganze Zins.
Als er heimkam, und abermals einen leeren Beutel vorzeigte und erzählte, was vorgefallen war, da war der Vater so wütend und wild, daß er ihn zur selben Stunde noch aus dem Hause stieß, wie er stand und ging als ein Nichtsnutz, der Vater und Mutter verunehre, daß er ihr ganzes Geld wie Spreu in den Wind streue, und gar noch für ein fremdes Frauenzimmer. Da stand nun der Bub auf der Straße und hatte nichts als seine Flöte. Langsam ging er nach der Stadt zurück und blies im Gehen eine alte Weise vor sich hin:

Welcher das Elend buwen well,
Der macht sich uf und rust sich schnell
Wol uf die rechten Straßen!
Vatter und Muoter, Ehr und Guot,

Sich selbs muoß er verlassen,
Das Glück er finden tuot.

Bald stand er wieder vor den Toren der Stadt und ging in das Wirtshaus, wo er die Jungfrau untergebracht hatte. Sie war frisch erblüht und begrüßte ihn hocherfreut als ihren Retter und erzählte ihm, sie sei die Tochter eines Königs, jenseits des Meeres. Sie habe ihrem Vater eine Botschaft gesandt und Geld von ihm erhalten für die Heimreise.
»Und du sollst mein Begleiter sein«, sagte sie, »damit ich nicht alleine bin auf der Fahrt über das Meer.«
Dabei schaute sie ihn an mit ihren Augen, die wie die Sterne leuchteten, so daß er nicht nein sagen konnte, auch wenn er gewollt hätte.
Der Kapitän des Schiffes, ein wüster Mann, wie's keinen mehr in sieben Ländern gibt, merkte bald, daß die vornehme Jungfrau und ihr Begleiter einander gut waren. Denn wenn der Wind die Segel blähte und die Wellen um den Bug schäumten, nahm der Bub seine Flöte hervor und spielte ihr lustige Weisen vor, und die Schiffsleute fingen an zu singen und rührten rüstig die Glieder. Doch wenn die Sonne sank, dann spielte er traurig süße Weisen, daß allen das Herz vor Wehmut zerfloß. Dem Kapitän aber gefiel das Spiel gar nicht, denn er hatte längst selber ein Auge auf die Jungfrau geworfen. Als er gar vernahm, daß sie eine Königstochter sei und ihr Liebster nur ein Musikant, drehte er in seiner Seele den Faden zu einem finsteren Gespinst, und er beschloß, sich des Buben bei der ersten besten Gelegenheit zu entledigen.
Mitten auf dem Meer brach ein furchtbarer Sturm herein. Das Schiff schwebte bald auf den höchsten Kämmen der Wellenberge, bald auf dem untersten Grund der Wellentäler. Die Segel knatterten und flatterten in Fetzen, Rahen brachen und krachend bog sich der Mast. Da entbot der Kapitän alle Mann auf Deck und ließ auch den Buben mit Hand anlegen. Der griff unerschrocken zu. Da stieß ihn der Kapitän hinterrücks über Bord. Er klammerte sich an einem treibenden Balken fest und wurde, nachdem er lange auf den Wellen umhergetrieben, an den Strand einer unbewohnten Insel geworfen.

Auch das Schiff entrann dem Sturme. Die Königstochter weinte sich beinahe die Augen aus um ihren Liebsten. Aber der Kapitän tröstete sie und tat gar freundlich und liebreich, brachte sie zu ihrem Vater und sagte, er habe sie aus dem Kerker befreit und glücklich übers Meer geführt. So sei es nur recht und billig, daß er sie zur Frau erhalte. Der Königstochter drohte er aber insgeheim, er werde sie umbringen, wenn sie die Wahrheit erzähle. Der König war außer sich vor Freude, daß er seine Tochter wiederhatte, und er glaubte aufs Wort alles, was der Kapitän sagte.
Er wußte nicht, wie er ihm seine Dankbarkeit besser beweisen möchte, als daß er ihn zum Schwiegersohn annahm, und so wurde die Heirat festgesetzt.
Die Jungfrau aber bat ihren Vater, sie wünsche, daß ihr erst ein neues prächtiges Schloß gebaut werde, in dem sie mit ihrem Gatten wohnen wolle. Eher werde sie dem Kapitän ihre Hand nicht reichen. Und der König erfüllte ihren Wunsch.
Der Bub auf der einsamen Insel im Meer schaute Tag für Tag aus, ob nicht ein Schiff vorüberkäme, dem er sich durch Zeichen bemerkbar machen könne. Doch Tag um Tag verging und kein Mast, kein Segel zeigte sich in der Ferne. So verstrich ein ganzes Jahr, und der Bub wäre verzweifelt, hätte er nicht noch seine Flöte gehabt. Da, als er eines Tages wieder an dem Strande stand, kam aufs Mal ein Hase angeschwommen. Der schüttelte sich das Wasser aus dem Pelz und fing an zu reden und sprach:
»Setz dich auf meinen Rücken und sag mir, wohin ich dich tragen soll.«
Der Bub nannte ihm den Namen des Königreiches, über das der Vater der Jungfrau herrschte. Der Hase trug ihn durchs Meer und setzte ihn an der Küste jenes Landes ab.
»Wisse«, sagte der Hase, »ich bin der Tote, dessen Leichnam du losgekauft hast von Schuld und Schmach. Jetzt habe ich meine Sünden gebüßt und bin erlöst!«
Da war er schon verschwunden – der Bub hat ihm nicht einmal danken können.
Nun wanderte der Bub landeinwärts in die Residenz, als eben die Feierabendglocken läuteten. Am andern Morgen

ging er ins Schloß hinauf und fragte nach Arbeit. Viele Bauleute waren an dem neuen Bau beschäftigt, und viele brauchte man, denn der Schwiegersohn des Königs trieb zur Eile. So wurde er als Pflasterbub eingestellt, und er fuhr Sand und Kalk, trug Wasser, schleppte Mörtel und Steine den lieben langen Tag. Nach Feierabend aber schlich er sich in den Garten des Schlosses, setzte sich auf die Mauer, nahm seine Flöte hervor und blies die alten Weisen. Wie die Königstochter die Töne hörte, kamen ihr die Tränen, und traurig sprach sie:
»Läge er nicht auf dem Grunde des Meeres, wahrlich, ich würde meinen, es sei mein Erlöser, der da drunten spielt; denn diese Weisen hatte er einst geblasen.«
Bald blies der Bub auch unter der Arbeit, denn dann ging den Bauleuten alles leicht und rasch von der Hand, und die Arbeit war wie ein Spiel, und der Bau wuchs, es war nicht zu sagen, und unversehends stand das Schloß da.
Unterdessen war auch die Hochzeit der Königstochter mit dem Kapitän angesagt worden und alles zum Fest gerüstet. Auch der Baumeister mit allen Werkleuten war dazu eingeladen, und der Pflasterbub sollte aufspielen, denn ein besserer Musikant, meinten alle, wäre nicht zu finden. Beim Gastmahl gebot der König, daß alle Gäste, vom Bräutigam angefangen, das merkwürdigste Abenteuer erzählen sollten, das ein jeglicher erlebt. Der Kapitän stand auf, hob den Becher zum Munde, strich sich den Schnauzbart und erzählte, wie er die Prinzessin aus dem Kerker erlöst, glücklich übers Meer geführt und ihrem Vater zurückgebracht und zur Gemahlin gewonnen hätte. Da bat die Braut den Flötenspieler, er möchte doch als nächster sein Schicksal erzählen.
Der trat vor und sprach: »Ehe ich mit Eurer Gunst dem Wunsche genüge, sei mir erlaubt, an den Kapitän eine Frage zu richten. Welche Strafe erleidet der zu Schiffe, der falsches Zeugnis gibt?«
»Solche werden lebendig gevierteilt«, antwortete der Kapitän und lachte.
Nun fing der Bub an, von Anfang bis Ende sein Schicksal zu erzählen, woher er komme, und wie es ihm ergangen, wie der Kapitän ihn ins Meer gestoßen und auf welch wunder-

bare Weise er errettet worden. Noch ehe er zu Ende gekommen, fiel ihm die Königstochter um den Hals, küßte ihn vor aller Augen und sprach:
»Sehet alle her, dieser ist mein wahrer Erlöser, und mit ihm will ich Hochzeit halten.«
Der Kapitän wurde auf der Stelle gefesselt abgeführt und in den Turm geworfen, damit er nach seinem eigenen Spruche gevierteilt werde. Aber der Bub sagte:
»Hab ich damals den Toten von den Lebenden losgekauft, so sei auch jetzt der Lebende vom Tode freigegeben.«
Also geschah's: Der Kapitän wurde an die Grenze des Landes gebracht und über See verschickt. Der Bub aber feierte Hochzeit mit der Königstochter und ist nachmals selber König geworden. Und wenn sie nicht gestorben sind, so leben sie heute noch.

DER TEUFEL ALS SCHWAGER

Einst kam ein Handwerksbursche in eine Herberge. Er war vom Wandern so müde geworden, daß er sich sagte: »Nun will ich ein paar Tage ausruhen, bevor ich wieder weiterziehe.«
Dafür reichte aber sein Geld nicht aus. Und als der Wirt eines Abends zu ihm aufs Zimmer kam und sagte, es wäre nun wohl Zeit für die Weiterreise, und die Rechnung vorlegen wollte, wurde es dem Handwerksburschen heiß, und er bat:
»Warte doch bitte mit der Rechnung wenigstens noch bis morgen.«
Damit war der Wirt einverstanden, sagte aber noch, bei ihnen warte auf alle, die mehr essen und trinken, als sie zahlen könnten, der finstere Turm.
Als der Wirt gegangen war, legte sich der Handwerksbursche aufs Bett. Er konnte vor Angst nicht einschlafen. Da trat auf einmal eine schwarze Gestalt an sein Bett. Kein Zweifel, das war der Teufel. Der sagte zum Handwerksburschen:

»Keine Angst! Brätst du mir die Wurst, lösch ich dir den Durst; tust du mir einen kleinen Dienst, so reiß ich dich aus der Klemme.«
»Das wäre?« fragte der Wanderbursche.
»Nur dies«, sagte der Teufel, »du bleibst sieben Jahre in diesem Wirtshaus und du wirst nie zu wenig Geld haben, und danach soll es dir noch besser gehen; ich mache nur eine Bedingung: Du darfst dich in den sieben Jahren nie waschen, darfst dir kein Haar und keine Nägel schneiden und du darfst dich nie kämmen.«
»Da ist ein Dienst den andern wert«, dachte der Handwerksbursche und schloß mit dem Teufel den Vertrag ab.
Als der Wirt am andern Morgen wieder dastand, bezahlte ihm der Bursche die Rechnung bis auf den letzten Rappen und gab ihm dann noch einen rechten Betrag dazu – für die nächste Zeit. Und der Handwerksbursche blieb in der Herberge – Jahr um Jahr – und ließ Geld draufgehen wie Sand am Meer. Aber er wurde dabei alle Tage häßlicher und häßlicher, so daß ihn niemand mehr anschauen wollte.
Der Herberge gegenüber wohnte ein Kaufmann. Der hatte drei bildschöne Töchter. Weil er sich bei seinen Geschäften verrechnet hatte, war er in Geldnot geraten. Eines Tages kam der Kaufmann zum Wirt und klagte ihm seine Not. Da sagte der Wirt:
»Nachbar, ich glaube, dir kann geholfen werden; in meinem Fremdenzimmer wohnt einer, der ist schon mehr als sechs Jahre da und läßt wachsen, was wächst, und sieht aus wie die Sünde, aber Geld hat er wie Heu und kann sich alles leisten. Ich habe auch gesehen, wie er zu deinen Töchtern hinüberschielt; mit dem ließe sich gewiß etwas machen. Wenn ich du wäre, ginge ich einmal zu ihm hinauf.«
Dies leuchtete dem Kaufmann ein. Er stieg hinauf zum Handwerksburschen, und es dauerte nicht lange, bis sie eine Vereinbarung getroffen hatten: Der Handwerksbursche hatte dem Kaufmann aus der Geldnot zu helfen und der Kaufmann mußte ihm dafür eine seiner Töchter zur

Frau geben. Aber als der Kaufmann mit dem Handwerksburschen zu den Töchtern kam, sagte die erste:
»Pfui, Vater, was bringst du da für einen! Eher gehe ich ins Wasser, als daß ich den heirate!« -und rannte davon.
Und die zweite sagte: »Eher erhänge ich mich, als daß ich den heirate!« – und rannte auch davon.
Doch die jüngste sagte: »Vater, ich heirate ihn; einer, der dir helfen will, kann doch nicht so ein schlechter Mensch sein.«
Während der ganzen Zeit schaute sie nie auf und sah den Handwerksburschen nicht an. Aber sie gefiel ihm sehr, und sogleich wurde der Hochzeitstag festgelegt.
Da waren aber gerade die sieben Jahre um. Am Hochzeitstag hielt eine Kutsche vor dem Haus des Kaufmanns, die blitzte nur so von Gold und Edelsteinen, und heraus stieg der Handwerksbursche. Der war nun ein schöner, junger reicher Mann. Der jüngsten Kaufmannstochter fiel ein Stein vom Herzen, und alles freute sich. In langem Zuge ging man zur Kirche; der Kaufmann und der Wirt hatten alle Verwandten und Bekannten eingeladen.
Nur die beiden Schwestern der Braut waren nicht dabei. Die hatten sich vor Ärger das Leben genommen, die eine im Wasser und die andere am Nagel. Als aber der Bräutigam aus der Kirche kam, sah er zum erstenmal seit sieben Jahren den Teufel wieder. Der saß auf dem Dach und lachte zufrieden herunter:

Weisch, min Schwooger,
so cha's choo:
Du häsch eini,
und ich ha zwoo!

HANS ÖFELI – CHÄCHELI

In einem Dorfe lebten einmal zwei Bauern, die waren gute Freunde und hielten treue Nachbarschaft und halfen einander in allen Nöten. Der eine Bauer aber hatte eine Tochter, der andere einen Sohn, und die beiden waren schon als

Kinder unzertrennlich, und je größer sie wurden, je lieber hatten sie sich; und als sie groß waren, wurden sie einander versprochen.
Nun aber hauste in einem Erdloch oben am Berg ein Herdmannli, das stellte der schönen Tochter drunten im Tale nach und kam mehr in den Hof auf Besuch, als ihr und ihren Eltern lieb war, und allemal brachte er kostbare Geschenke mit für die Frauen im Hause. Das Mädchen wollte von dem Zwerg nichts wissen, er war ihr gar zu häßlich und des Nachbars Joggeli gar zu lieb; aber die Geschenke des Wichtes gefielen ihr über die Maßen. Und als er eines Tages wieder viele kostbare Sachen gebracht hatte, da stach ihr unter dem Kram ein blankes Ringlein in die Augen mit einem funkelnden Stein. Da konnte sie nicht länger widerstehen und steckte ihn an ihren Finger. Da sprach der Zwerg mit krächzender Stimme:

Jetz bisch mys Brütli fyn,
I wird dys Mannli syn!

Erschrocken zog das Mächen den Ring ab, legte ihn wieder zu den andern Sachen und rief:
»Nein, ich will deine Geschenke nicht, und dich schon gar nicht!«
Das ergrimmte das Männchen und es warf im Zorn die Kostbarkeiten auf die Diele, stampfte und schüttelte sich und schrie:
»So schnell sind wir nicht geschieden, du und ich; heute in drei Tagen komm ich wieder. Wenn du bis dahin meinen Namen weißt, dann bist du frei. Errätst du ihn aber nicht, dann folgst du mir als meine Frau; dawider hilft dir nichts mehr in der Welt!«
Damit war der Zwerg verschwunden.
Bei den Leuten aber war große Not im Hause. Das Mädchen zerbrach sich den Kopf, und vor lauter Nachsinnen wurde es schier hinterfür. Aber es wollte ihm nichts in den Sinn kommen. Die Frist war fast gar schon verstrichen, nur noch ein Tag, und sie mußte die Frau des ungestalten Zwerges werden, denn die Zwerge haben die Füße nicht wie ander Leut, sondern nach rückwärts. An diesem Tag aber

hütete ihr Liebster oben am Berg. Er saß am Rain bei seinen Geißen und sann darüber nach, was mit seiner Liebsten und dem Zwerge sich begeben, und wie er da saß und sann, da sah er aufsmal das Erdloch, das der Eingang war zur Höhle des Männchens, und eh er sich's versah, da trat der Zwerg selber hervor und hub an, gar närrisch sich zu gebärden, hüpfte und tanzte und sprang wie toll hoch in die Luft und sang dazu:

He he, ho ho, hu hu:
hinecht choch ich es Chrütli;
more hol i mys Brütli;
Hoi, Rädli spinn!
Hoi, Haspeli winn!
Ei, Gott sygs dankt,
mys Schätzli nit weiß,
daß i Hans Öfeli-Chächeli heiß!

Wer zuletzt lacht, lacht am besten! dachte der Bursche und merkte sich den Namen, und abends eilte er geradeswegs zu seiner Liebsten.

Andern Tags kam das Männlein zur Mittagszeit in die Küche, um die Braut heimzuführen. Er trat vor das Mädchen und fragte spöttisch:

»Nun, Herzeli, weißt du meinen Namen schon?«

Das Mädchen aber tat, als wisse es den Namen nicht:

»Heißest du etwa Gragörli?« fragte sie und verzog das Gesicht, als ob der Rauch vom Herd ihr die Nase beize.

»Oder Strubeli-Chutzli oder Gixi-Gäxi oder Chussi-Mussi oder Muggi-Stutz?«

»Lätz, Lätz!« rief der Zwerg bei jedem Namen und hüpfte vor Freude von einem Bein aufs andere.

»Dann heißest du am End gar Hans Öfeli-Chächeli?«

Das Männlein erschrak, stampfte vor Zorn, fluchte und schrie:

»Das hat dir der Teufel gesagt, du wüste Hex!«, fuhr zum Rauchloch aus und ist nie wieder ins Tal gekommen.

BAUER UND LANDVOGT

Auf einem Schloß, man nannte es Gilgenberg, wohnte zu seiner Zeit ein Landvogt, der sich mit den Bauern recht gut verstand. Er ging einmal spazieren und traf auf dem Feld einen Bauern an, der am Ackern war.

Der Landvogt grüßte ihn: »Guten Tag, Nachbar, wie geht's?«

»Hin und her«, sagt der Bauer und sonst nichts. Er hatte es drauf angelegt, den Landvogt ein wenig in Harnisch zu bringen. Der Landvogt denkt: Diesen Bauern muß man offenbar an einem andern Ohr packen, wenn man ihn zum Reden bringen will. Und er nimmt sich vor, er wolle ihn das nächste Mal geschickter anreden.

Ein paar Tage später treffen sie wieder zusammen, und der Landvogt sagt: »Fleißig, fleißig, Nachbar? Ihr habt da wirklich zwei schöne Pferde!«

»Es waren eben auch zwei schöne Füllen!« meinte der Bauer und läßt sich keinen Augenblick bei seiner Arbeit stören. Warte nur, denkt der Landvogt, ich will dich lehren, wie man mit der gnädigen Obrigkeit spricht, du Flegel du! Er überlegt sich, wie er diesem Bauern eine Lektion erteilen könne. Beim Bauern aber war mehr Übermut im Spiel als Bosheit. Im Grunde genommen hatte er doch Respekt vor dem Landvogt, wie sich gleich zeigen wird.

Beim Kleemähen findet er einmal einen schlafenden Hasen, kann ihn lebend fangen und denkt, den könnte er als schönes Geschenk ins Schloß bringen. Er zieht daheim den Sonntagsrock an, nimmt den Hasen in die Brusttasche und trabt in der besten Meinung den Schloßweg hinauf. Im Schloßhof unter den hohen Schattenbäumen ergeht sich der Landvogt und sieht einen schweren und starken Mann den Berg heraufkommen. Er fragt sich: Was will der wohl von mir? Bald sieht er, daß es jener grobe Bauer ist, und hetzt ihm die Schloßhunde an. Die stürzen sich wie Drachen den Berg hinab und auf den Mann los. In jener Zeit fürchtete man die Schloßhunde sehr, und der Mann wäre wohl recht erschrocken, wenn er zu erschrecken gewesen wäre. Aber er stand mitten auf dem Weg bockstill, knöpfte vorn nur

seinen Rock auf und ließ den Hasen zur Tasche hinausspringen. Nun setzten die Hunde nichts wie los dem Hasen nach und schauten den Bauern nicht mehr an. Der Landvogt sieht mit Verdruß, wie die ganze Meute in den Wald hineinschießt, kommt von oben herabgetrippelt und fragt: »Eh! Wem springen die Hunde denn nach?«
»Dem, der voranspringt!« sagt der Bauer und verzieht dabei nicht einmal sein Gesicht.
Nun platzte der Landvogt fast vor Ärger und spürte sich kaum mehr, aber er ließ sich nichts anmerken und sagt zum Bauern: »Komm ins Schloß hinauf, du mußt etwas zu trinken haben.«
Der Bauer hat diese Einladung nicht abgewiesen und im Hinaufsteigen erzählt er ihm auch, was ihn hergeführt habe und was er habe bringen wollen. Doch der Landvogt war zu sehr erbost und hatte kein Mitleid mehr mit dem Bauern. Er winkt einem Knecht und trägt ihm auf, mit dem Gast da in den Keller zu gehen, ihn zu füllen bis er genug habe und ihn dann gottvergessen durchzuwalken.
Der Knecht tat, wie ihm befohlen war, und in den ersten Teil konnte sich der Bauer recht gut schicken. Als er bereits elf oder dreizehn Kännchen versorgt hatte und ihm der Wein allmählich die Pelzkappe lüftete, dämmert es ihm auf, die Mette könnte nun bald angehen. Er sieht auf den großen Fässern noch ein kleines liegen und sagt: »Da drin muß gewiß noch ein gutes Tröpflein sein, das wollen wir auch noch versuchen, ich habe sonst wohl aus jedem Faß ein wenig gehabt – und damit schlägt er den Hahn heraus. Der Wein kommt im Bogen herausgesprungen, und der Knecht kommt auch und schimpft: »Du Sürmel, was machst du nur!« Er stößt geschwind den Finger ins Loch. Der Bauer sucht den Hahn, findet ihn, und genau, wie es der Knecht befiehlt, steckt er ihn neben dem Finger hinein und pauf! mit dem Hammer drauf. Damit ist der Knecht ans Fäßchen genagelt und schreit gar erbärmlich. Der Landvogt draußen hat schon lang auf diese Musik gewartet und wie jetzt endlich der Lärm im Keller losgeht, denkt er: Aha, der gerbt nun einmal diesen Kerl – und ruft in den Keller hinunter: »Hau ihn recht ab!«

Der Bauer war als gehorsamer Diener schon an der Arbeit und haut von einem schönen Käse ein ganzes Viertel ab, nimmt diesen Käsebissen in die Brusttasche, wo vorher der Hase war, knöpft den Rock bis oben zu und wackelt mit übergeschlagenen Armen die Kellertreppe hinauf. Dazu schnitt er ein Gesicht wie Holzessig, machte saure Augen und ließ den Kopf hängen wie ein armer Sünder.
Oben empfängt ihn der Landvogt mit herzlicher Schadenfreude, lacht und sagt: »Nun, mein Bäuerlein, du hast eben deinen Teil erwischt für dein böses Maul!«
»Gewiß habe ich das, Herr Landvogt«, antwortete das Bäuerlein, »ich und meine Frau, wir haben bestimmt ein Vierteljahr daran zu kauen!«

DES TEUFELS ERBSMUS

Ein armer Bauer kam im Schneegestöber heim und setzte sich auf die Bank am Ofen. Wie ist es dir in der Stadt ergangen, fragte ihn die Frau, daß du so dreinschaust? Schlecht, sagte der Mann, ich will es dir erzählen, nur muß ich mich zuerst noch etwas wärmen; ich bin halb erfroren. Nach einer Weile begann er: Bei Wind und Wetter komme ich in die Stadt und zu unserm Herrn. Ich sage ihm, es sei uns unmöglich, bis zum Sonntag die dreihundert Franken aufzubringen. Ich habe ihn gebittelt und gebettelt, er möge mir doch bis zum Sommer Zeit geben; bis dann würden mir die Leute meine Schmiedearbeiten wohl bezahlen. Er sagte aber, er könne keine Minute länger warten als bis zum Sonntag, und wenn ich bis dann das Geld nicht bringe, lasse er mir Heim und Haus samt meiner kleinen Schmiede am Montag verkaufen und mich und dich und unsere Kinder zum Haus hinausjagen.
Nun, was meinst du, Frau? Es ist einfach unmöglich, daß wir bis übermorgen dreihundert Franken zusammenbringen. Zwar hat mir der Nachbar sechzig gegeben, aber es bleiben immer noch die andern zweihundertvierzig. Wenn mir zuletzt doch nur der Teufel das Geld ins Haus bringen

würde! Wenn ich ihm auch ein paar Jahre dienen müßte, so wäre ich doch unsern Herrn los: der Teufel in der Hölle kann nicht ärger sein als jener in der Stadt!

Kaum hatte der Mann das gesagt, begann es draußen zu brausen und zu stürmen, daß es dem armen Bauern fast das Häuslein umwarf, und der Wind pfiff und fuhr durch die Stube, es war ein Graus. Nach ein paar Minuten wurde es still, und der Bauer und seine Frau hörten jemand an die Tür klopfen. Der Bauer erhob sich und öffnete. Da stand ein schwarzer Mann in einem roten Mantel vor der Tür und sagte:

»Bauer, du hast gewünscht, daß der Teufel das Geld bringe. Schau her, da sind die zweihundertvierzig Franken; es fehlt kein Rappen, zähl's nach! Aber halt! eh ich dir's gebe, mußt du mir versprechen, sechs Jahre in der Hölle zu dienen. Frau und Kinder sollen unterdessen keinen Mangel haben.«

Der Bauer erschrak, aber weil ihn die Not dazu zwang, sagte er ja, hieß den Teufel hereinkommen und sich am Ofen wärmen, bis er seine paar Hemden zusammengepackt habe; dann werde er mit ihm in die Hölle gehen.

Plötzlich entdeckte der Bauer aber, daß der Teufel an seinem Roßfuß das Eisen verloren hatte und sagte:

»Guter Freund, schau einmal dein Fußwerk an, du hast wohl auf dem Weg das Eisen verloren. Komm doch mit mir in die Schmiede; ich will dir ein neues aufmachen.«

Der Teufel kannte den Mann schon lange als guten Hufschmied und ging mit ihm und zog sogar selber den Blasbalg.

Als das Eisen bereit war, sagte der Bauer: »Halte nun den Fuß her, da in die Klemme hinein, damit ich das Eisen gut aufmachen kann, denn ich weiß, rechte Leute müssen gut bedient sein.«

Der Teufel dachte nichts Böses und hielt den Fuß in die Klemme. Und der Bauer schraubte ihn fest und nahm dann den Schraubenschlüssel in den Sack und sagte: »So, nun wollen wir zuerst einmal schauen, wie lange ich dir für die zweihundertvierzig Franken dienen will.«

Das machte den Teufel bös, und er tat wie wild, aber zuletzt

gab er nach und kam mit dem Bauern überein, er müsse ihm nur drei Jahre dienen. Und sobald der Bauer den Teufel wieder losgeschraubt hatte, mußte er mit ihm in die Hölle.
Als sie dort hinkamen, stellte der Teufel den Bauern als Feuerschürer an. Und schon am zweiten Tag ging der Teufel mit der Ellermutter fort und sagte zu ihm:
»Wenn du essen und trinken willst, oder wenn du etwas Geld brauchst für einen armen Mann, der dich darum bittet, so geh nur zu diesem Kistchen und sage:

Kistlein, Kistlein mein,
gib mir Brot und Wein,
auf des Teufels Geheiß.
In der Höll ist's heiß.

Und was dein Herz nur wünscht, soll dir alsbald auf goldenen Platten und in goldenen Flaschen zu Füßen stehen.«
Als der Teufel fort war, war der Bauer allein in der Hölle und dachte: Jetzt will ich einmal schauen, was in den großen Kesseln ist, unter denen ich zu feuern habe. Beim letzten, den er aufdeckte, sah er einen Gläubiger, der ihn vor ein paar Jahren gedrückt und gedrängt hatte, und voll Zorn legte er noch sechs Scheiter an und sagte:
»Wart, dir will ich jetzt das Bad schon heiß machen; du hast mich auch zum Schwitzen gebracht!«
Am dritten Tag kam der Teufel wieder heim. Da sagte der Bauer zu ihm:
»Hör, mein lieber Teufel, in deiner Burg raucht es, es ist ein Graus; ich habe den ganzen Tag die Augen voll Wasser; ich sollte gewiß noch einmal nach Hause und mein Taschentuch holen, damit ich mir die Augen auswischen kann, wenn's gar so beißend raucht.«
Da runzelte der Teufel die Stirn und sagte:
»Ich kenne dich, du bist ein Schlaumeier; ich kann dich nicht allein nach Hause gehen lassen, sonst kommst du mir vielleicht nicht mehr zurück. Allerdings, ein Taschentuch solltest du haben, das sehe ich ein, sonst könntest du mir noch blind werden. Deshalb ist es am besten, wir gehen zu zweit.«
Nach ein paar Stunden kam der Bauer mit dem Teufel zu

seinem alten Häuschen zurück, wo Frau und Kinder um ihn trauerten. Der lange Weg und der schnelle Lauf hatten den Bauern und den Teufel hungrig gemacht. Darum sagte der Teufel:

»Heiß deine Frau für uns ein Erbsmus kochen, aber nur von schwarzen Erbsen!« Das tat der Bauer, aber er fügte hinzu:

»Frau, nimm doch auch noch ein paar von jenen weißen Erbsen, die dort oben auf dem Himmelbett liegen; sie sind in ein Papier gewickelt. Du weißt doch noch: Die hat mir jemand in der Nacht zu Frauenfasten aufs Bett geworfen und dazu gerufen: Da hast du einen Notpfennig!«

Als das Erbsmus gekocht war, setzten sich die beiden an den Tisch, und der Bauer schöpfte dem Teufel und gab ihm auch eine weiße Erbse auf den Teller. Sobald der Teufel die weiße Erbse sah, begann er schrecklich zu fluchen. Doch, was geschah: Die weiße Erbse wurde größer und größer und zersprang, und viele weiße Erbsen, die mit silbrigen Dornen besetzt waren, fuhren heraus und dem Teufel ins Gesicht und zerstachen ihn jämmerlich, daß er laut aufschrie.

Da besann sich der Bauer nicht lange und sagte: »Wenn du mir die drei Jahre erläßt und mir das Wunschkistlein herzauberst und versprichst, mir und den Meinen niemals etwas anzutun, will ich dich erlösen.«

Weil ihn die Not dazu zwang, sagte der Teufel ja. Und als das Kistlein auf dem Tisch stand, sagte der Bauer:

Erbslein, Erbslein groß und klein,
laßt das Stechen nunmehr sein.
Der Teufel will uns nicht mehr sehen;
also lassen wir ihn gehen.

Und als die Erbslein wieder in ihrer Hülse beisammen waren, sprang der Teufel zum Fenster hinaus und hat sich seither wohl gehütet, vor jenes Haus zu kommen.

JUNKER PRAHLHANS

Junker Prahlhans war der junge Edelknecht eines Königs. Man nannte ihn so, weil er immer viel versprach und wenig hielt.
Eines Tages sprach der König zum Junker:
»Hans, geh hinaus in den Wald und schieße mir zehn Vögel für meinen Tisch.«
Der Junker aber sprach:
»Nicht nur zehn, sondern hundert Vögel will ich dir schießen.«
»Gut«, sprach der König, »wenn du ein so guter Schütze bist, so schieße mir hundert; sollst für jeden einen Taler haben.«
Das hörte des Königs Spaßmacher. Er ging dem Junker voraus in den Wald, rief den Vögeln zu und sprach:

Ihr Vöglein, flieget alle fort!
Junker Prahlhans kommt an diesen Ort,
möcht hundert Vögel schießen.

Als Junker Hans in den Wald kam, konnte er keinen Vogel schießen, sie hatten sich alle versteckt. Und als er mit leeren Taschen zurück zum König kam, wurde er hundert Tage lang ins Gefängnis gesperrt, weil er sein Wort nicht gehalten hatte.
Wie er wieder frei war, sprach der König zum Junker:
»Hans, geh hinaus an den See und fange mir fünf Fische für meinen Tisch.«
Der Junker aber sprach:
»Nicht nur fünf, sondern fünfzig Fische will ich dir fangen.«
»Gut«, sprach der König, »wenn du ein so guter Fischer bist, so fange mir fünfzig; sollst für jeden einen Dukaten haben.«
Das hörte der Spaßmacher und ging dem Junker voraus an den See, rief den Fischen zu und sprach:

Ihr Fischlein, schwimmet alle fort!
Junker Prahlhans kommt an diesen Ort,
möcht fünfzig Fische fangen.

Als Junker Hans an den See kam, konnte er keinen Fisch fangen, denn sie waren alle ans andere Ufer hinübergeschwommen. Und als er mit leeren Taschen zurück zum König kam, wurde er fünfzig Tage lang ins Gefängnis gesperrt, weil er sein Wort nicht gehalten hatte.
Wie er wieder frei war, sprach der König zum Junker:
»Hans, geh hinaus ins Feld und jage mir einen Hasen für meinen Tisch.«
Der Junker aber sprach:
»Nicht nur einen, sondern zehn Hasen will ich dir jagen.«
»Gut«, sprach der König, »wenn du ein so guter Jäger bist, so jage mir zehn; sollst für jeden eine Dublone haben.«
Das hörte der Spaßmacher und ging dem Junker voraus ins Feld, rief den Hasen zu und sprach:

Ihr Häslein, springet alle fort!
Junker Prahlhans kommt an diesen Ort,
möcht gern zehn Hasen jagen.

Als Junker Hans ins Feld kam, konnte er keinen Hasen jagen, denn sie waren alle fortgerannt. Und als er mit leeren Taschen zurück zum König kam, wurde er zehn Tage lang ins Gefängnis gesperrt, weil er sein Wort nicht gehalten hatte.
Wie er wieder frei war, sprach der König zum Junker:
»Hans, geh hinaus in den Wald und erlege mir einen Hirsch für meinen Tisch.«
Da dachte der Junker an seine Tage im Gefängnis und sprach:
»Ich will hingehen und schauen, ob ich einen Hirsch erlegen kann.«
Und als er hinkam, konnte er einen erlegen und brachte ihn mit Freuden dem König.

Französisches Sprachgebiet

Der strenge Calvinismus sowie das Täufertum zeigten deutlich märchenfeindliche Tendenzen. Das wirkte sich zum Beispiel in Juragegenden aus; im Gegensatz zum Freiburgerland oder zum Barock-katholischen Wallis. Die französischsprachigen Gebiete erweisen sich dadurch als eine heterogene Fundgrube, wobei vertraute Stoffe in neuen Abwandlungen und Versionen auftauchen. Wiederum wird der Einfluß der Sage spürbar: Das Erlösungsmotiv wird nicht mitgeteilt. In dem Märchen ›Die Schlange und das Mädchen‹ verschwindet am Ende das Mädchen und die Schlange »Gott weiß wo«. Andererseits kommt ›La Ramée‹, der desertierte Reisläufer, nach zahlreichen Umwegen glücklich ans Ziel, und daß er sich ins eigene Fleisch hat schneiden müssen, bringt ihm keinen Nachteil. Auch der für den Sohn hübsche, für die Mutter garstige Frosch entpuppt sich als Glücksbringer und am Ende gar als entzauberte Prinzessin.

F. S..

Scherenschnitt „Die Gletscherjungfrauen" H Gotter 86.

LA RAMÉE

Es war einmal ein junger starker Bursche, La Ramée genannt. Der hatte sich als Reisläufer anwerben lassen und diente schon länger als sieben Jahre und war doch nicht befördert worden. Da gefiel's ihm nicht länger unter den Soldaten.
»Nein, da mach ich nicht mehr mit«, sprach er zu sich selber, »der Soldat zahlt mit seinem Blut nur den Ruhm des Generals.«
Und er beschloß, bei der ersten Gelegenheit draus zu laufen und nach einem andern Beruf sich umzutun. Und er stellte alles so gut an, daß ihm die Flucht wohl gelang. Noch war er nicht manche Stunde marschiert, als er sich unversehens mitten in einer Einöde befand, die dehnte sich weit und weiter und reichte bis ans Meer. Aber wie da hinüberkommen? Da war guter Rat teuer. Wie La Ramée so am Strande hin- und herlief und den Wellen zuschaute, da gewahrte er plötzlich einen gewaltigen Vogel, der sich unweit niederließ. Der blieb ruhig sitzen, als La Ramée näher kam, und schien sich gar nicht vor ihm zu fürchten, gleich als wäre er zahm.
»Ei«, dachte La Ramée bei sich, »wie wär's, wenn ich mich auf den Rücken dieses Vogels setzte und mich von ihm über das Meer tragen ließe? Also, ich will's versuchen!«
Gedacht, getan. Und siehe da, willig ließ der große Vogel ihn auf seinem Rücken sitzen wie einen Reiter. Aber bald ward La Ramée inne, daß der Vogel sehr gefräßig war und keinen Flügelschlag tat, ohne daß man ihm einen Brocken Fleisch in den Schnabel stopfte. Und je größer und je häufiger die Stücke waren, die man ihm gab, umso schneller flog er. So schlachtete denn La Ramée vor dem Abflug übers Meer eine Menge wilder Schafe, die am Strande zahlreich weideten, und nahm davon so viel mit, als der Vogel tragen konnte. Von Zeit zu Zeit reichte er ihm große Brocken. Der Vogel flog schneller und schneller. Aber die Reise war lang, und das Fleisch ging langsam aus, ehe das andere Ufer erreicht war. Der Vogel flog langsamer und langsamer. Als er

das letzte Stück Fleisch verschlungen hatte, hielt er inne und war durch nichts zu bewegen, die Reise zu vollenden. Da schnitt La Ramée sich kurz entschlossen ein Stück Fleisch nach dem andern aus seinem eigenen Körper, um den Vogel zu sättigen. Und der flog auf der Stelle weiter. Endlich erreichten sie die ersehnte Küste. Der Flug war zu Ende, und La Ramée bedurfte des Vogels nicht mehr.
Aber noch hatte er kaum wieder festen Boden unter den Füßen, als er inne ward, daß er wiederum inmitten einer unendlichen Einöde sich befand. Doch unverdrossen machte er sich auf den Weg und ging einem fernen Walde zu, in der Hoffnung, dort Menschen zu finden. Mitten im Walde kam er denn auch zu einer alten Burg. Mutig ging er hinein und durchstöberte alle Räume bis in den hintersten Winkel, aber sie waren leer, obgleich mit allem wohl versehen. Es sah aus, als hätten die Bewohner ihre Behausung eben verlassen, um einem Gast Platz zu machen. Aber das beunruhigte La Ramée kein bißchen, denn er war vom Kriege her schlimmere Quartiere gewöhnt. Er tat, als wäre er hier daheim und machte sich alsbald über die Vorräte her und hielt eine reichliche Mahlzeit; denn die Kutteln knurrten ihm vor Hunger. Aber wie er eben im besten Zuge war, da kam eine prächtige Hirschkuh in das Schloß geschritten und gebärdete sich, als sei sie dessen Herrin.
»Aha, das scheint also die Herrschaft all dieser Herrlichkeit zu sein«, dachte La Ramée bei sich, und er sprach zu der Hirschkuh:
»Verzeiht, daß ich in Eurer Abwesenheit hier eingedrungen bin und meinen Hunger gestillt habe, aber ich bin ein armer Flüchtling, nach vielen Gefahren und Mühsalen hierhergekommen und des Landes und der Leute unkundig«, und er erzählte der Hirschkuh seine ganze Geschichte.
»Sei willkommen, guter Freund«, erwiderte diese, »und laß es dir wohl sein in meinem Hause. Wisse, ich bin ein Menschenkind wie du, eines Königs Tochter, aber durch einen bösen Zauber verwunschen und in die Gestalt dieser Hirschkuh verwandelt. Wenn du mich erlösest, dann werde ich meine Menschengestalt wieder erhalten und du wirst mich zur Frau gewinnen samt meines Vaters Reich. Dazu

aber mußt du durch drei Nächte harte Proben bestehen, allemal von Mitternacht bis Sonnenaufgang. Du mußt alle Schrecknisse und jegliche Pein erdulden, ohne einen Laut zu tun. Ein einziges Wörtlein nur, und alles ist verloren.«
Wer war da mehr bereit als La Ramée!
»Hab ich doch oft dem Tod ins Auge geschaut«, dachte er bei sich, »und vor Hölle und Teufel fürchte ich mich erst recht nicht«, und er gelobte der Prinzessin, er wolle sie erlösen, und koste es sein Leben.
Da nahm die Hirschkuh Abschied und lief in den Wald zurück.
La Ramée aber rüstete sich auf die Nacht.
»Wer weiß, was das für ein Feind ist, den es diesmal zu schlagen gilt«, dachte er, »ich will ihm keine Blöße geben, sondern ihn im Hinterhalt erwarten.«
Und so hing er sich mit kunstvoll verknüpften Seilen an der Decke des Saales auf. Als die Uhr zwölfe schlug, da kam ein uraltes verhutzeltes Männlein, ganz grau und bucklig mit bösen stechenden Augen herein, begleitet von zwei Gesellen, die nicht viel schöner waren. Gleich fingen sie an überall herumzuspähen und in allen Ecken zu schnüffeln. Sie durchsuchten das ganze Haus vom Keller bis zum Giebel. So verging Stunde um Stunde, und das alte Männlein bleckte schon die Zähne vor Wut und verrenkte die Glieder, so daß La Ramée in seinem Versteck kaum das Lachen verhalten konnte. Nur eine Viertelstunde noch und die Sonne würde aufgehen. Aber o hei! Plötzlich sah das alte Männlein von ungefähr an die Decke und erblickte La Ramée. Ehe der wußte, wie ihm geschah, hatten die drei ihn auf den Boden gerissen und schlugen und traten, kniffen, fetzten und kratzten ihn, daß ihm schier die Sinne vergingen. Noch nie war ihm eine Viertelstunde so lang vorgekommen, aber er gab keinen Laut von sich. Kaum aber ging die Sonne auf, da ließen die Plagegeister von ihm ab. La Ramée sprang auf und war am ganzen Leibe unversehrt wie zuvor. Da aber kam auch schon die Hirschkuh aus dem Walde und – o Wunder – statt des Hirschkopfes trug sie nun ein Menschenhaupt, das Haupt der schönsten Jungfrau.
Die zweite Nacht verbarg sich La Ramée in einem alten

Wandkasten; dort, meinte er, würden ihn die üblen Gesellen wohl kaum finden. Und alles ging wie das vorige Mal. Schlag zwölfe kam das alte häßliche Männlein mit seinen Begleitern, und wieder durchsuchten sie das ganze Haus von zuunterst bis zuoberst, und kurz vor Sonnenaufgang erst entdeckten sie ihn in seinem Versteck. Aber diesmal plagten und peinigten sie ihn noch viel ärger, so daß La Ramée vor Schmerzen laut hätte schreien mögen. Aber kein Laut kam über seine Lippen. Mit dem ersten Sonnenstrahl, der durch die Scheiben drang, entwichen die Geister und gleich darauf kam die Hirschkuh aus dem Wald. Jetzt hatte sie einen Menschenleib, nur die Gliedmaßen waren noch die einer Hirschkuh.

Die dritte Nacht verbarg La Ramée sich im Rauchfang. Und wieder ging alles wie die andern Male. Als die Geister ihn endlich fanden, da zwickten und zwackten sie ihn mit glühenden Zangen, stopften ihm glühende Kohlen in Ohren, Nase und Mund und warfen ihm heiße Asche in die Augen. La Ramée biß sich die Lippen wund vor Schmerz, aber er blieb stumm. Kaum waren die Geister fort, da sprang er auf und stieß einen hellen Jauchzer aus vor lauter Freude. Im selben Augenblick trat die schönste Prinzessin von der Welt herein und fiel ihm um den Hals.

Alsdann machten sich La Ramée und die Prinzessin auf, um sich an den Königshof zu begeben. Aber ehe sie aufbrachen, gab die Prinzessin ihm ein kostbares Nastüchlein aus der feinsten Seide, darin die Anfangsbuchstaben ihres Namens mit Gold gestickt waren.

»Nimm hier dieses Tüchlein mit meinem Namen«, sagte sie, »wer weiß, ob du dessen nicht bedarfst; denn unsere Reise ist weit und ungewiß der Weg.«

Dann wanderten sie den ganzen langen Tag. Am Abend kehrten sie in einem Wirtshaus ein, um zu übernachten. Die Wirtin aber war eine schlimme Hexe.

»Eh, eh«, brummte sie, »der schäbige Schwartenhals glaubt auch, er habe seinen Goldvogel schon im sicheren Käfig. Aber der soll ihm entfliehen, ehe er sichs versieht.«

Sie trug das Abendessen auf, und hernach brachte sie noch einen mächtigen Krug zum Nachttrunk.

»Ich sehe, Herr«, sprach sie und tat gar freundlich, »Ihr seid ein Kriegsmann, und Soldaten lieben einen guten Trunk über alles, zumal am Abend nach dem Tagewerk, das ja hart genug ist. Also zum Wohl, Herr General!«

Sie hatte aber dem Trank ein Zaubermittel beigemischt.

»Trink nicht, trink nicht, sonst vergißest du mich, und ich bin dir verloren!« flüsterte die Prinzessin ihm zu.

Aber aus alter Gewohnheit hatte La Ramée den Humpen schon angesetzt und geleert, und er versank auf der Stelle in einen todesähnlichen Schlaf. Und wie die Prinzessin ihn auch rüttelte und schüttelte, er erwachte nicht. Drei Tage lag er regungslos da, bis er wieder zu sich kam. Aber da schien er die Prinzessin kaum noch zu erkennen. Als die tückische Alte ihm nach dem Essen abermals einen Humpen aufstellte, leerte er ihn wieder in einem Zuge und hörte nicht auf die Prinzessin, die ihm wieder zuflüsterte:

»Trink nicht, trink nicht, sonst vergißest du mich, und ich bin dir verloren!«

Als er nach drei Tagen wieder zu sich kam, da war ihm die Geliebte ganz fremd geworden, und als sie ihn erneut von dem Trunk abhalten wollte, stieß er sie unwirsch von sich.

»Nun hast du mich verloren!« sagte sie traurig und ließ ihn in dem Wirtshaus auf der Bank an der Wand liegen und kehrte allein an ihres Vaters Hof zurück. War das eine Freude, als die lange verlorene Tochter aufs Mal wieder da war! Und sie mußte ihre Geschichte erzählen. Der alte König lud, um die Rückkehr der Prinzessin zu feiern, viele Gäste von nah und fern aufs Schloß. Nicht lange, so kam auch ein Reiterprinz aus der Fremde und warb um sie. Der Vater sprach:

»Liebes Kind, da dein Befreier dich schnöde verlassen hat, so ist es nur billig, daß du diesem edlen Prinzen als Gemahlin folgest.«

Und er setzte den Tag der Hochzeit fest.

Mit wüstem Kopf und wirrem Sinn war La Ramée derweilen in der Schenke erwacht und war ebenfalls in die Hauptstadt gekommen. Rastlos ging er alle Gassen auf und ab. Es war ihm, er müsse etwas suchen, das er verloren habe, aber

er wußte nicht was. Da stand in einem dunklen Gässlein plötzlich das alte eisgraue Männlein vor ihm, das ihn die drei Nächte in dem verzauberten Schloß bis aufs Blut geplagt hatte.
»Treff ich dich hier auf der Gasse wieder«, sagte er und blinzelte mit dem einen Auge, »ich dachte, du säßest längst auf dem goldenen Throne da droben im Schloß?«
Da kam La Ramée die Prinzessin und alles, was sich begeben hatte, wieder in den Sinn und er erzählte dem Alten, was ihm widerfahren war.
»Wohl, wohl, hab ich dich damals geplagt, so will ich dir jetzt helfen«, und gab ihm eine Truhe mit drei Schubladen. In einer war eine Maus, in der andern eine Grille, in der dritten ein Mistkäfer.
»Geh heut abend, wenn's dunkel geworden ist, hinauf zum Schloß unter das Kammerfenster der Vermählten. Laß heute die Maus hinein und morgen die Grille und übermorgen den Mistkäfer. Dann wirst du die Prinzessin vielleicht wiederbekommen«, sagte das alte Männlein noch, und dann war es verschwunden.
La Ramée tat, wie geheißen. Das Hochzeitspaar wollte eben zu Bette gehen, als die Maus der Prinzessin über die Füße sprang. Da raffte sie ihre Röcke zusammen und lief aus der Kammer und war durch nichts zu bewegen, dahin zurückzukehren. Am andern Abend, als sie eben in ihrem Nachtgewande zu Bette schritt, da saß die Grille in einer Falte des Bettumhanges und zirpte in einem fort, so laut sie konnte, und die Prinzessin suchte die ganze Nacht nach dem Urheber des Geräusches und wollte sich durchaus nicht ins Bett legen. Am dritten Abend wollte die Prinzessin eben das Deckbett über sich ziehen, als sie den garstigen Käfer neben sich auf dem Leintuch erblickte. Sie sprang aus dem Bette und war nicht wieder dazu zu bringen, sich wieder hinzulegen. Dies deuchte dem Prinzen, ihren Gemahl, ein so absonderliches Gebaren, daß er ohne Abschied heim in sein Reich reiste. Wer war da froher als die Prinzessin; denn sie hatte La Ramée nicht vergessen, sondern sie dachte Tag und Nacht an ihn. La Ramée aber kam am andern Morgen vor das Schloß.

»Ich hab Eurer Prinzessin etwas zu bringen, das sie verloren hat«, sagte er zur Wache am Tor, die nach seinem Begehren fragte. »Seid so gut und gebt es ab, und wenn sie fragt, wer es gebracht habe, so sagt nur, er warte hier draußen!«
Als die Prinzessin das Tüchlein erhielt und vernahm, wer es gebracht habe, da lief sie geschwind ans Tor und fiel La Ramée um den Hals. Am selben Tag noch ward die rechte Hochzeit gefeiert, und sie haben noch viele Jahre glücklich und in Freuden gelebt. Und damit ist die Geschichte aus.

DIE FROSCHPRINZESSIN

Es war einmal eine arme, alte bucklige Frau, die nichts besaß als ihren Sohn und eine kleine Hütte nahe am Wald. Der Junge war klug, klüger als alle anderen Jungen im Dorf. Aber der Lehrer wollte ihn nicht in der Schule haben.
»Geh nach Hause«, sagte er zum Jungen, »und sorge für deine alte, bucklige Mutter.«
So lief der Junge tagaus, tagein in den tiefen Wald, sammelte Holz und fischte Fische. Das gute Holz verkaufte er den reichen Bauern, Reisig und Fische brachte er seiner Mutter.
Eines Morgens, als er wieder trübselig am Bach saß und die Angelschnur ins Wasser auswarf, bemerkte er am anderen Ufer des Bächleins einen Frosch, der ein rotes Halsband trug. Noch nie hatte der Junge einen so hübschen Frosch gesehen. Dieser Frosch schaute ihn mit großen Augen an, tauchte ins Wasser, sprang wieder ans Ufer und folgte dem Jungen auf Schritt und Tritt durch den tiefen Wald. Aber nie folgte ihm der Frosch nach Hause.
Eines Tages, als der Junge über die nasse Wiese dem Wald zulief, hörte er ein klägliches Quaken. Als er näher kam, sah er einen großen Storch, der mit seinem spitzen Schnabel den Frosch mit dem roten Halsband packen wollte. Da nahm er einen Stecken und verscheuchte den großen Vogel. Der Junge hob den zitternden Frosch auf und trug ihn nach Hause.

Als seine Mutter den Frosch sah, sagte sie:
»Was soll der garstige Frosch? Nimm ihn wieder mit und wirf ihn in den Bach!« Da schüttelte der Junge den Kopf und sagte: »Das ist ein besonderer Frosch. Jeden Tag leistet er mir Gesellschaft beim Fischen und begleitet mich durch den Wald.«
Er bat seine Mutter so inständig, den Frosch zu behalten, daß sie schließlich sagte:
»Gut, dann trag ihn in den Garten, dort soll er meinetwegen bleiben.«
Am selben Nachmittag kramte die Mutter in einer alten Truhe nach einem Stück Tuch, aus dem sie ihrem Sohn eine neue Hose nähen wollte. Da fand sie eine lederne Börse mit einer Handvoll Silbertalern. Die alte, bucklige Frau konnte sich nicht entsinnen, je eine Börse mit Silbertalern in der Truhe verwahrt zu haben. Sie rief ihren Sohn und zeigte ihm die lederne Börse.
Der sagte: »Weißt du's nicht, dann weißt du's nicht. Aber gestohlen haben wir die Börse gewiß nicht.«
Da war die Mutter gleicher Meinung. Auf dem Tisch teilte sie die Silbertaler in zwei Haufen.
»Nimm den einen«, sagte sie. »Geh in die große Stadt und lerne etwas. Mit der anderen Hälfte habe ich mein Auskommen, und für den Frosch mit dem roten Halsband werde ich schon sorgen.«
Da nahm der Junge die Hälfte der Silbertaler und machte sich auf den Weg in die große Stadt. Dort suchte er sich einen berühmten Lehrer und lernte so viel, wie er schon immer lernen wollte. Das dauerte ein Jahr oder zwei Jahre. Als er alle Silbertaler ausgegeben hatte, machte er sich wieder auf den Heimweg.
Wie freute sich die Mutter, als sie ihren Sohn so groß und kräftig wiedersah! Auch der Frosch mit dem roten Halsband hüpfte vor Freude herum, sprang neben ihn auf den Stuhl und schaute ihn mit großen Augen an.
Nun fing wieder das alte Leben an, denn auch die alte Frau hatte in der langen Zeit, während der Sohn in der fremden Stadt weilte, ihre Silbertaler verbraucht. Der Junge sammelte wie zuvor Holz im Wald und fischte im nahen Bach.

Da er aber so groß geworden war, wollte ihm die Mutter wieder neue Hosen nähen und suchte in der Truhe nach einem Stück Stoff. Und als sie in der Truhe herumkramte, kam ihr wieder ein lederner Beutel in die Hand, der mit Silbertalern prall gefüllt war. Da wunderte sich die Mutter und sagte, das könne nicht mit rechten Dingen zugehen.
Ihr Sohn aber meinte: »Da hat uns gewiß der Frosch mit dem roten Halsband geholfen.«
»Wie soll ein Frosch einen Beutel mit Silbertalern in meine Truhe zaubern!« sagte die Mutter.
»Aber gestohlen haben wir den Beutel nicht, nimm also die Hälfte und geh wieder in die große Stadt. Ausgelernt hast du noch nicht. In der Zwischenzeit will ich für den Frosch mit dem roten Halsband sorgen.«
Da packte der Junge sein Bündel und machte sich wieder auf den Weg in die große Stadt. Lange Zeit hörte die bucklige, alte Frau nichts mehr von ihrem Sohn; aber als die den letzten Silbertaler ausgegeben hatte, stand er wieder vor der Tür.
»Gott grüß Euch, Mutter«, sagte er. »Diesmal will ich Euch nicht mehr verlassen. Jetzt habe ich ausgelernt und werde so viel verdienen, daß Ihr es schön in Eurem Alter habt.«
Da ging die bucklige, alte Frau in der Küche zum Herd und kochte eine fette, gute Suppe, die sie ihrem Sohn auftrug. Dabei vergaß sie nicht, dem Frosch mit dem roten Halsband auch ein Tellerchen hinzustellen. Aber wie groß war ihre Verwunderung, als plötzlich an Stelle des Frosches ein schönes, zierliches Mädchen auf dem Stuhl saß und zum Jungen sagte:
»Ein Zauberer hat mich in einen Frosch verwandelt, als ich noch in der Wiege lag. Sieben Jahre mußte ich als Frosch leben, aber du hast mich erlöst. Willst du mich zur Frau nehmen?«
Natürlich wollte der Junge nur zu gern das schöne, zierliche Mädchen zur Frau nehmen, doch womit sollte er den neuen Hausstand bezahlen? Es reichte ja kaum für ihn und seine Mutter!
Das Mädchen erriet seine Gedanken und sagte »Wenn es nur das ist, dann laß das meine Sorge sein!«

Am Tage der Hochzeit gingen sie zur Kirche ins Dorf, und alle wunderten sich, daß der Sohn der alten, armen und buckligen Frau ein so schönes Mädchen bekommen hatte. Sie wunderten sich noch mehr, als sie an der Stelle der armseligen Hütte am Waldrand ein prächtiges Haus erblickten, in dem Knechte und Mägde geschäftig hin- und herliefen. Im großen Saal war ein reiches Hochzeitsmahl aufgestellt, und alle aus dem Dorf durften dabei sein. Drei Tage lang wurde gegessen und getrunken.
Ich habe es selbst gesehen, denn ich habe in der Küche den Braten gewendet. Als ich zu lange in den hell erleuchteten Saal starrte, brannte mir der Braten an. Da gab mir der Koch einen Tritt in den Hintern, und ich flog so weit bis auf diesen Stuhl, wo ich nun sitze, um dir diese Geschichte zu erzählen.

DIE SPINNERIN

Oben in Chésières war einmal ein schönes junges Mädchen. Es hatte aber gar strenge und harte Eltern. Nicht nur mußte das gute Kind alle Tage vom Morgen früh bis abends spät das Vieh hüten, sondern auch allemal eine ganze Spule Faden gesponnen haben. Und oft genug, wenn die Kühe unruhig waren, geschah es, daß sie nicht fertig wurde. Dann setzte es harte Worte und Schläge ab.
Eines Tages, als das Mädchen eben vor dem Stall stand, kam plötzlich ein wildes Frauli. Das arme Mädchen erschrak nicht, sondern bot dem Gaste ein Chacheli Milch.
»Ich weiß schon, wo's dir fehlt«, sagte das Frauli, »gib mir nur deine Spindel mit.«
Das Mädchen reichte dem Weibe seinen Wirtel. Die befestigte den Rocken an den Hörnern einer weidenden Kuh, und in einem Schwick saß sie auf dem Rücken des Tieres und spann die ganze Nacht beim Lichte des Mondes und drehte das Spinnrädlein, daß es wie ein Stern durch das Dunkel leuchtete.
Und seit dem Tage war jeden Morgen, wenn die Sonne auf-

stand, der leidige Risten an der Kunkel in Stränge des feinsten Fadens verwandelt, zur Freude des Mädchens, das nun nie mehr gescholten wurde.

DIE GLETSCHERJUNGFRAU UND DER HIRTE

Hoch am Rande eines Gletschers gab es einst eine einsame Alp. Ihre saftigen Weideflächen dehnten sich zwischen Tannenwäldern, und im Hochsommer leuchteten die Alpenrosen aus den Zwergwacholdern hervor. Hier sömmerte ein junger Hirte seine Herden. Er hieß Aratsch und war ein bildhübscher Bursche mit feurigen Augen. An einem Fest der Älpler lernte er eine reiche Bauerntochter kennen und gewann ihre Liebe.

Aber die Eltern des Mädchens wollten nichts von einem so armseligen Bräutigam wissen. Sie waren geldstolze Leute und erklärten, ihre Annette brauche keinen Hirten zu heiraten. Nur wenn es ihm gelinge, ein wohlhabender Mann zu werden, dann lasse ich über die Sache reden, meinten sie.

»Schließlich ist es unser einziges Kind und soll unser Erbe nicht an einen Hungerschlucker bringen«, sagte der Vater.

Weil er aber voll Mißtrauen war, konnte er erreichen, daß der junge Mann für den nächsten Sommer nicht mehr als Hirte auf der Alp angestellt wurde.

Traurig nahmen die beiden im Herbst voneinander Abschied.

»Ich werde auf dich warten«, versprach Annette. »Und ich will dich nicht vergessen und alles dransetzen, daß wir wieder zusammenkommen«, beteuerte Aratsch.

Er zog in die Fremde und wurde Soldat. Weil er tüchtig war und sich wacker hielt, brachte er es in kurzer Zeit zum Hauptmann.

Daheim aber grämte sich das Mädchen, denn Monat um Monat ging vorbei, ohne daß es etwas von Aratsch hörte. Es wurde immer schwächer vor Kummer, und bitter bereuten jetzt die Eltern, daß sie so hart gewesen waren. Doch um-

sonst forschten sie dem Jüngling nach, er blieb verschollen, und Annette starb vor Herzeleid.
Sie lag noch aufgebahrt unter Enzianen und Edelweiß, als ein junger Offizier herangeritten kam. Niemand kannte ihn, und niemandem gab er sich zu erkennen. Als er aber in das Elternhaus seines Mädchens trat und sah, daß er zu spät gekommen war, packte ihn Verzweiflung. Stumm schaute er auf das tote Gesicht des Mädchens, stürmte dann hinaus, schwang sich in den Sattel und sprengte zu seiner Alp hinauf. Wie ein Rasender ritt er bis an den Gletscher, der dahinter lag. Dort spornte er das Pferd zu einem furchtbaren Sprung, und beide verschwanden in dem eisigen Schlund. Niemand hat sie je wieder gesehen.
Das unglückliche Mädchen jedoch fand in seinem Grabe keine Ruhe. Immer wieder suchte es die Stätten auf, wo es seinen Liebsten kennengelernt und glückliche Stunden mit ihm verbracht hatte. Nacht für Nacht vernahmen die Sennen und Hirten droben in ihrer Alphütte ein seltsames Hantieren. Es hörte sich an, als ob jemand den Milchkeller betrete, dort von einer Gepse zur anderen gehe und den Rahm koste, um nachzuprüfen, ob alles treulich besorgt sei. Dazwischen ließ sich eine klagende, weibliche Stimme vernehmen, die den Seufzer ausstieß:
»Mort Aratsch! Mort Aratsch!«
Auf der Alp werkte damals ein schon bejahrter Mann, der die rätselhafte Erscheinung ruhig gewähren ließ und sich nicht vor ihr fürchtete; er hatte sogar die Überzeugung, daß seit ihrem Umgehen die Alp noch besser, noch kräuterreicher geworden sei. Die Kühe gaben mehr Milch, der Rahm wurde fetter. Es geschah auch kaum, daß ein Stück Vieh verunglückte oder sich verlief.
Als dieser Hirte endlich wegen seines Alters die Arbeit aufgab, weihte er den Nachfolger in das Geheimnis ein. Er ermahnte ihn, die wunderbare Jungfrau zu achten und beileibe nicht zu stören.
»Es kann nur dein Vorteil sein«, sagte er.
Doch der junge Hirte lachte ungläubig. Er hatte ein rohes Gemüt und antwortete kurz, er müsse erst selbst sehen, was an der Sache sei.

Mit dem Einbruch der ersten Nacht, die er auf der Alp zubrachte, erschien wie immer die lichte Gestalt. Heimlich ging ihr der argwöhnische Hirte in den Milchkeller nach und ließ sie nicht aus den Augen. Sowie sie einen Löffel vom Gesims herabnahm und den Rahm zu rühren begann, rief er mit grober Stimme.
»Laß das, du Nachtmahr«, so polterte er, »ich leide es nicht, daß jemand in meiner Milch herumrührt!« Mit einem Fluch wies er die arme Seele aus seiner Hütte.
Die Jungfrau warf ihm einen traurigen Blick zu und entfernte sich. Aber plötzlich krachte ein Donnerschlag, und aus dem eben noch mondhellen Himmel entlud sich ein fürchterliches Gewitter. Durch das Getöse hörte der Hirte aus der Höhe eine Stimme, die zürnend ausrief:
»Verwünscht sei diese Alp und ihre Weide!«
Von da an wurde das Gras immer magerer und dürrer. Das Vieh irrte umher, verlief sich, der Segen der Alp war dahin. Aus der Schlucht rückte zusehends der Gletscher vor und bedeckte das Weideland. Er wuchs immer weiter, bald mußte auch die Hütte geräumt werden. Noch lange aber erzählten Wanderer und Jäger, daß sie in jener Gegend einen seltsamen Klageruf vernommen oder an trüben Tagen im Nebel die Gestalt der Gletscherjungfrau gesehen hätten.

VON EINEM DER ZUM TEUFEL GING UND WIEDER ZURÜCKGEKOMMEN IST

Vor Zeiten lebte auf einem Schlosse im Walliserland ein mächtiger Herr mit Namen Montacuay. Der hatte unter seinem zahlreichen Gesinde auch einen Knecht, das war aber ein arger Schalk und trieb, statt seinen Dienst gehörig zu verrichten, allerlei Possen und Schelmenstücke. Sein Herr ärgerte sich sehr darüber, mochte ihn aber nicht fortschikken, denn der Michel war ein lustiger Geselle und ein witziger Kopf, der mit seinen munteren Schnurren und losen Reden auch den Verdrießlichsten zum Lachen brachte, und niemand konnte ihm lange im Ernst böse sein. Und wenn er

recht arbeitete, leistete er mehr als drei andere zusammen.
Da gab es Krieg, und der Burgherr mußte ins Feld ziehen.
»Michel«, sagte er, »rüste dich, du sollst mich begleiten. Aber eines sage ich dir, laß mir alle Sprünge und Späße hübsch bleiben, denn im Kriege gibt's ohnedies der Gaukelei mehr als genug. Versiehst du wieder etwas aus Meisterlosigkeit, dann ist dir der Galgen gewiß. Das laß dir gesagt sein!«
»Schon recht, Herr«, sagte der Michel, »will dran denken, wenn ich's nicht vergesse.«
Aber noch waren sie nicht manche Tagesreise weit gekommen, als der Mutwillen den Michel schon wieder stach, so daß er anhub, Unfug zu machen. Er verübte seine Streiche, gerade als hätte er das Verbot seines Herrn gar nicht gehört. Der Ritter aber ging voller Zorn hin und schrieb eigenhändig an seine Gemahlin einen Brief: »Frau, laß den Michel auf der Stelle hängen!« und versiegelte das Schreiben mit seinem Schwertknauf. Dann beschied er den Michel vor sich; seinen Zorn aber ließ er sich nicht anmerken.
»Michel«, sagte er, »nimm diesen Brief, reite heim und bring ihn meiner Frau. Sieh aber zu, daß du ihn nicht verlierst.«
»Schon recht, Herr, ich werde den Brief abgeben, wenn ich ihn noch habe«, sagte der Michel und begab sich auf den Weg und ritt Tag und Nacht.
Am Abend des dritten Tages kam er todmüde zu einem Kloster. Der Abt nahm ihn gut auf, weil er des Ritters Bote war und ein gar lustiger Bursche, der allen Leuten gleich das Herz aufschloß, und gab ihm zu essen und zu trinken. Nach dem Essen hieß er ihn ausruhen und schlafen gehen, weil er wohl sah, daß er zum Umfallen müde war. Und so ward dem Michel alsbald seine Lagerstatt angewiesen; er legte sich nieder und schlief auf der Stelle ein. Indes wollte der Abt sehen, wie sein Gast gebettet sei, und er erblickte die Brieftasche. Da nahm er einfach den Brief heraus und las die Aufschrift und sah, daß er mit des Ritters Insiegel versiegelt war und an die Frau des Ritters gerichtet war. Nun war der Abt ein neugieriger Herr, der seine Nase gern in alle

Sachen steckte; und er begann, bei sich nachzudenken, ob er den Brief aufbrechen und sehen solle, was darin geschrieben stand. Kurz und gut, er nahm das Siegel ab, las darin und fand, daß der Überbringer gehenkt werden sollte. Darüber betrübte er sich sehr, denn er hatte ein gutes Herz und meinte es gut mit allen Leuten. Daß der Bursche gar seines eigenen Todes Bote sein sollte, das weckte seinen Zorn und sein Mitleid. Er dachte bei sich, was das für eine Sünde wäre, daß man einen so kecken Knecht in einen so schmählichen Tod sende. Aber nichts in der Welt geschieht ohne Gottes Willen: Der Abt schrieb unverweilt einen anderen Brief.

»Frau, gib dem Michel ohne Verzug unsere Tochter zur Frau!«

Dann hing er dem Schreiben das nämliche Siegel wieder an, so daß man es nicht merken konnte, daß das Siegel erbrochen gewesen, und steckte ihn wieder in die Brieftasche. Am anderen Morgen früh bei Tag weckte er den Michel, segnete ihn und gab ihm Urlaub. Und der ritt seines Weges weiter.

Als der Michel im Schloß ankam, grüßte er seine Herrin von ihrem Gemahl und übergab ihr den Brief. Aber als die Frau gelesen hatte, was darin stand, schloß sie den Michel in ihre Arme und küßte ihn und sprach:

»Sei mir von Herzen willkommen, lieber Sohn, sintemalen es meines Herren Willen ist.« Und dann wurde Hochzeit gehalten.

»Ei, ei«, sprach der Michel zu sich selber, »die Welt kann der Schreiber und Schälke nicht entbehren, und wenn der Schreiber nichts taugt, gibt er der Feder die Schuld. Aber ein guter Schreiber ist aller Ehren wert.«

Als der Krieg zu Ende war, kehrte der Ritter Montacuay mit seinen Mannen nach Hause zurück. Was der für Augen machte, als er den losen Knecht am Leben fand und dazu noch als Schwiegersohn, könnt ihr euch denken. Und als ihm die Frau erschrocken den Brief vorlegte, da wußte er eine Weile nicht, was er sagen sollte. Dann aber schlug der Wetterstrahl auf den Michel herab:

»Pack dich auf der Stelle fort, du Erzschelm, und fahr geradewegs zur Hölle und hol mir meinetwegen drei Haare aus des Teufels Bart!«

»Wie Ihr meint und wollt, Herr«, sagte der Michel, »wenn Ihr mich nicht länger zum Tochtermann haben wollt, so seid Ihr mein Schwiegervater gewesen. Gehabt Euch wohl, und nichts für ungut!« Er packte alsbald sein Bündel und sagte seiner Frau, die gar betrübt und traurig war, Lebewohl.

»Weine nicht, Käterli, ich komme bald wieder«, sagte er. »und dann bleibe ich für immer bei dir!« Dann nahm er den Weg unter die Füße.

Nachdem er einige Zeit gegangen war, kam er an einem Schlosse vorbei. Da rief eine Stimme zum Fenster heraus:

»He, du, wohin geht die Reise?«

»In die Hölle zum Teufel!«

»So sei doch so gut und richte mir einen Auftrag aus!«

»Ja, warum auch nicht? Das geht in einem zu. Was wäre es denn?«

»Oh, ich habe einen Garten, der könnte der schönste sein auf der ganzen Welt, aber die Quelle ist versiegt, die früher in der Mitte floß, und gibt kein Wasser mehr, so daß Blumen und Bäume verdursten und verdorren und alles zur Wüste wird.«

»Soll geschehen!« rief der Michel und wanderte weiter. Und unlang kam er durch ein Städtlein, aus einem Hause rief eine Frau ihn an:

»He du, wohin geht die Reise?«

»In die Hölle zum Teufel!«

»So sei doch so gut und richte mir einen Auftrag aus!«

»Ja, warum auch nicht, es ist ein Tun. Was wäre es denn?«

»Seit sieben Jahre liegt meine Tochter krank im Bett und kann nicht leben und nicht sterben, und kein Doktor kann ihr helfen. Frag doch, was zu tun sei, damit sie wieder gesund werde.«

»Soll geschehen«, rief der Michel und ging seiner Straße zu. Endlich kam er vor's Höllentor. Da stand ein Mann davor und hielt Wache.

»He du, wohin geht die Reise?«

»In die Hölle zum Teufel.«

»So sei doch so gut und richte mir einen Auftrag aus. Seit sieben Jahren stehe ich schon hier und halte Wache und werde nie abgelöst. Frag doch, was ich tun soll, damit ich endlich abgelöst werde!«
»Soll geschehen!« rief der Michel und schritt durch's Tor in die Hölle hinunter.
Aber wie er zur Behausung des Teufels kam, da war er just ausgegangen, um einen Höllenbraten heimzuholen, aber die Frau war zu Hause. Und das war Michels Glück, denn die Weiber machen sich gern meisterlos und stechen mit Kunkeln und Gabeln nach der Herrschaft. Mit einem schlauen Weibe fängt man den Teufel im freien Feld, denn Weiberlist geht über alle List, dachte der Michel, zog höflichst den Hut, verbeugte sich tief und sagte: »Mit Verlaub und Vergunst, edle Dame, ich bin hergeschickt, um drei Haare aus Eures Herrn Bart zu holen. Und dann soll ich grad noch fragen, warum auch der Brunnen in jenem Garten versiegt sei und was die Tochter in jenem Haus wieder gesund machen könne und wie's auch jene Schildwache vor dem Tor draußen anstellen müsse, um abgelöst zu werden.«
»Ja, mein guter Freund, das ist eine böse Sache«, erwiderte die Frau, »mein Mann ist zwar eben ausgegangen. Aber wenn er heimkommt und dich hier findet, ist's um dich geschehen.«
Und sie hieß Michel gleich sich unter dem Bett verstecken und sich dort ruhig verhalten. Und richtig, kurz darauf kam der Teufel mit Gebraus und Donnergepolter nach Hause.
»Ich schmeck, ich schmeck Christenblut!« schrie er so laut, daß die Teller auf dem Wandbrett klirrten, und schnoberte mit beiden Nüstern in der Luft herum, daß die Vorhänge flackerten.
»Ach, was du dir einbildest, hier ist weit und breit kein Christ!« sagte die Frau und schlug das Bett auf. »Es ist Zeit, schlafen zu gehen, und du wirst obendrein müde sein von der Fahrt, denk ich.«
Der Teufel brummte noch etwas in seinen Bart, ging zu Bette und schlief ein. Ritsch - da riß ihm die Frau mit einem Ruck ein Haar aus dem Bart. Der Teufel fuhr auf und schrie:
»Was ist? Was zerrst du mich am Bart?«

»Ach, mir hat so kurios geträumt, der schönste Garten in der Welt sei verdorrt, weil die Quelle darin versiegt ist und nicht mehr fließt.«
»Oh«, sagte der Teufel, »der Dummkopf, dem der Garten gehört, muß nur den Baum umtun, der darüber gewachsen ist, dann wird sie wieder fließen wie zuvor.«
Dann kehrte er sich um und schlief wieder ein. Da rupfte ihm die Frau – ritsch – ein zweites Haar aus.
»Was zerrst du mich schon wieder am Bart?« schrie er.
»Ach, mir hat so kurios geträumt, es sei ein Haus und darinnen liege die Tochter krank seit sieben Jahren und könne weder leben noch sterben. Und ihre Mutter weiß nicht, was sie mit ihr machen soll, denn kein Doktor kann ihr helfen.«
»Ach was, die dumme Gans! Das Mädchen ist auf eine Hostie getreten. und die ist an ihrem Schuh kleben geblieben. Die soll es verschlucken, dann wird sie auf der Stelle gesund.«
Sprach's und schlief weiter. Ritsch – jetzt riß die Frau ihm das dritte Haar aus.
»Was zupfst du mich schon wieder am Bart? Jetzt ist's dann aber genug!« rief der Teufel.
»Ach, mir hat schon wieder so kurios geträumt.«
»So, was hat dir denn geträumt?«
»Mir hat geträumt von einem, der stehe Wache draußen vor dem Tor und wisse nicht, wie er's anstellen solle, daß er abgelöst werde.«
»Eh, der Zipfel, der soll zu dem ersten besten, der vorübergeht, sagen: Bleib hier und warte, bis ich wiederkomme!«
Am andern Morgen, nachdem der Teufel ausgegangen war auf seine Arbeit, hieß die Frau den Michel, der alles mit angehört hatte, wieder hervorkommen und gab ihm die drei Haare. Der Michel dankte der Frau gar schön und trat geschwind den Heimweg an. Als er durch das Tor schritt, sagte er zu der Schildwache:
»So gib mir nun meinen Lohn, und ich sage dir, wie du abgelöst werden kannst.«
Der Mann gab ihm einen Sack voll Gold.

»Sag zu dem ersten besten, der vorbeigeht: Bleib hier, bis ich wiederkomme!«
»So bleib du hier«, rief der Wächter. Aber da war der Michel schon weit und rief zurück:
»Wart den nächsten ab!«
Als er wieder durch die Stadt kam, ging er in das Haus zu jener Frau und machte ihre Tochter zur Stunde gesund. Da bekam er wieder einen Sack voll Gold. Dann half er dem Eigentümer des Gartens den Baum umtun und siehe da, die Quelle sprudelte auf der Stelle wieder wie zuvor. Voller Freude schenkte der Herr ihm ebenfalls einen Sack voll Gold. Als nun der Michel wohlbehalten mit seinen Reichtümern heimkam, fiel ihm seine Frau um den Hals. Der alte Ritter aber bekam die drei Haare aus des Teufels Bart. Wie dieser aber die Reichtümer sah, fragte er, wo Michel das viele Gold herhabe.
»Oh, das bekommt man, wenn man in die Hölle geht und wieder zurückkommt«, sagte der Michel.
Da besann sich der Ritter keinen Augenblick mehr, sondern machte sich stehenden Fußes auf den Weg zur Hölle. Und als er zum Höllentor kam, da sprach die Schildwache zu ihm:
»Bleib hier, bis ich wiederkomme.«
Und da mußte halt der Ritter Wache stehen, und da steht er heute noch.

DIE SCHLANGE UND DAS MÄDCHEN

Es lebte einmal im Schloß von Asuel ein sehr schönes Mädchen. Ihr größter Schmuck war ihr prächtiges Haar. Viele Schloßherren der Umgebung hielten um ihre Hand an, doch zum Kummer ihrer Eltern wollte sie von keiner Heirat wissen. Die abgewiesenen Freier rächten sich, indem sie ihr Übles nachredeten. Schon von klein auf schloß sie sich am liebsten in eine Kammer des oberen Stockwerks ein und kam nur zu den Mahlzeiten zu den übrigen. Wenn die Sonne schien, wanderte sie den Hang unterhalb des Schlosses

hinab, und jedesmal kam sie mit aufgelöstem Haar zurück.
Im Winter, wenn draußen alles steif gefroren war, war sie etwas zugänglicher und spielte mit den andern Kindern. Später, im heiratsfähigen Alter, unterhielt sie sich des öfteren mit den gleichaltrigen jungen Burschen. Aber sobald es Frühling wurde, war sie wieder ganz ungebärdig. Beim ersten Sonnenstrahl stürmte sie auf die Hänge, in das steinige und sandige Gelände. Im oberen Gemach hörte man sie oft mit sich selber sprechen. Manchmal hätte man schwören können, daß sie mit einem Kind spielte. Auch wenn man glaubte, man würde sie mit jemandem überraschen, indem man die Türe ganz unvermutet öffnete, fand man nie jemanden bei ihr. Zuweilen war es, als hörte man des Nachts etwas durchs Schloß pfeifen, es wäre schwer zu sagen gewesen, ob es Mäuse oder Fledermäuse waren. Dann wieder war ein Geräusch zu vernehmen, wie wenn im Kamin Kleider raschelten und rauschten oder wie wenn vor der Tür ein Tier mit pfeifendem Atem säße, das mit seinem Schwanz durch die Luft peitschte.
Von einer gewissen Zeit an wurde das Mädchen beobachtet, wenn es die Hänge hinunterstieg, ohne daß es sich aber dessen gewahr wurde. Einmal sah man sie eine große Schlange von der Länge eines Wiesbaums streicheln. Die Leute, die das gesehen hatten, behielten es für sich, aber von da an hielten nicht wenige die Tochter des Herrn von Asuel für eine junge Hexe. Sie indes ging regelmäßig zur Kirche, und beim Opfergang, bei dem es damals üblich war, Getreide darzubringen, legte sie statt einer Handvoll Weizenkörner manchmal eine wertvolle alte Münze auf den Altar.
Die Eltern des Mädchens waren freilich froh, daß sie eine gute Tochter war, aber sie hätten es doch gern gesehen, wenn sie sich am Sonntagabend mit einem der jungen Edelleute unterhalten hätte, die ihr den Hof machten, anstatt sofort in das obere Zimmer zu laufen, sobald es dunkelte. Das Verhalten ihrer Tochter bereitete ihnen viel Sorge, und sie hatten genug Grund zu noch größerer Besorgnis.
Bei der Taufe des Mädchens hatte man vergessen, eine seiner Tanten zum Tauffest zu laden. Diese stand im Ruf, eine

Hexe zu sein. Sie war so erzürnt über die ausgebliebene Einladung, daß sie vom Teufel für ihre Nichte keinen anderen Umgang als den einer Schlange forderte. Kaum war das Mädchen auf der Welt, schlüpfte ein Schlänglein, nicht größer als eine Stricknadel, zu ihr in die Wiege. Das Tier hatte die Größe eines Rechenstiels, als das Kind neun Jahre alt war, und war wie ein Wiesbaum, da das Mädchen ihre einundzwanzig erreicht htatte. Es war fast immer bei ihr. Beim geringsten Geräusch verschwand es in einem Mauseloch, und später dann schlüpfte es durch den Kamin davon, über das Dach des Hauses, hinunter zu den Felsbänken.

Der Herr und die Herrin von Asuel litten solchen Kummer, daß sie den heiligen Fromont in seiner Hütte aufsuchten und ihn fragten, was sie tun wollten, damit ihre Tochter nicht länger die Gesellschaft junger Männer meide, sich nicht dauernd ins obere Gemach einschließe oder in die Felshalden hinauffliehe. Sie waren sehr erstaunt, als der Heilige ihnen riet, den Kamin und die Mauselöcher im Kämmerchen ihrer Tochter zuzustopfen. Er versprach ihnen, die Sache aufzudecken, aber sie müßten Wachen aufstellen, die von Frühjahr bis Herbst, Tag und Nacht die ganze Gegend von der Spitze des Schloßturms bis zu den hintersten Schluchten zu überwachen hätten.

»Wenn sie Lust bekommt zu heiraten, dann laßt sie den nehmen, der ihr gefällt, und wenn er arm wäre wie eine Kirchenmaus und auf der Straße barfuß daherliefe. Vor allem aber laßt sie nie allein, weder bei Tag noch bei Nacht, weder für Silber noch für Gold«, schärfte er ihnen noch ein.

Die Eltern taten, wie ihnen der Heilige geraten hatte. Zu Beginn schrie und heulte das Mädchen, schlimmer, als wenn man sie gewürgt hätte, und auf den Hängen hörte man es pfeifen; es war ein so schriller Schrei, daß er kaum zu ertragen war.

Eines Nachts schlug eine der Wachen Alarm und erzählte, daß eine Schlange, groß wie ein Wiesbaum, bis zu den Fensterläden der Kammer geklettert war, in der das Mädchen schlief, und dort lange verharrt habe.

»Als ich ihr zurief: ›Der Teufel soll dich holen!‹ lachte die Schlange. Als ich mich aber bekreuzigte, sah ich die Schlange nicht mehr.«
Nach sieben Wochen war das Mädchen ganz verändert. Sie hüpfte herum wie ein Zicklein auf der Weide, und sang von früh bis spät. Auch sprach sie jetzt öfters mit den jungen Edelherren.
Da das Mädchen einen Heiratsantrag nach dem anderen bekam, sagte sie schließlich zu ihren Eltern, daß sie denjenigen heiraten wolle, der mit dem Rücken zur Wand die Spitze des Roche de Verre erklimmen könne. Dieser Felsen war ein Dämon. Viele junge Männer versuchten, die Höhe zu erklimmen.
Damals lebte in Pleujouse ein schöner junger Mann. Er fing gern wilde Tiere mit der Falle. Als er eines Tages zu seinen Fallen nachsehen kam, fand er eine Schlange, groß wie ein Heubaum. Sie hatte sich mit dem Schwanz in einer Falle verfangen, die vor einem Fuchsbau aufgestellt war. Er suchte nach einem Klotz, mit dem er sie hätte erschlagen können. Sie aber sagte:
»Wenn du mich in mein Loch schlüpfen läßt, dann werde ich dir helfen, daß du das Mädchen, das du liebst, zur Frau bekommst.«
»Die vom Schloß?«
»Welche sonst?«
»Aber ich kann doch nicht verkehrt auf den Roche de Verre klettern!«
»Nächste Woche werde ich mich häuten. Dann nimmst du meine alte Haut, machst dir ein Paar Galoschen daraus, und so wirst du hinaufklettern, als ob gar nichts dabei wäre.«
Als der Jüngling zu klettern versuchte, lachten ihn die jungen Edelherren alle aus. Doch sie lachten nicht lange. Kletterte doch dieser Nichtsnutz von einem Wildschütz mit einer Leichtigkeit auf den Roche de Verre wie ein Eichhörnchen auf die Tanne!
Dem jungen Mädchen war der Jüngling schon oft beim Kirchgang aufgefallen. So sprach sie zu ihren Eltern, daß sie ihn gern zum Manne nehmen würde. ›Der heilige Fromont wußte schon, was er sagte‹, dachten die Eltern.

Eines Abends, als der junge Mann am Feierabend zum Schloß hinaufging, hörte er ein Weinen in der Vouivre-Schlucht. Es war die Schlange.
Sie sprach: »Ihr habt mich ganz vergessen! Habe ich gelogen? Habe ich dir nicht geholfen? Und habe ich je um Lohn gebettelt? Alle Leute sind zur Hochzeit eingeladen, nur ich nicht. Sag deiner Braut, sie soll sich meiner erinnern, und du tu's auch.«
Das junge Mädchen aber lachte nur, als er ihr davon erzählte, und sprach: »Die soll bleiben, wo sie ist, ich hab sie satt.«
Der Jüngling nahms nicht weiter wichtig, die Hochzeit fand statt, und im Schloß von Asuel sparte man nicht an Gold und Silber. Im Schloßgarten war die Tafel gerichtet. Es gab einen ganzen Ochsen und ein großes Faß Wein. Alle Hochzeitsgäste ohne Ausnahme konnten sich den Wanst füllen. Nach dem Mahle aber wurde zum Tanze aufgespielt, und alt und jung tanzte die Longue und die Ajoulotte.
Mit dem Einbruch der Dunkelheit wollte die Braut, die sich den ganzen Tag über nicht wohlgefühlt und kaum etwas vom Essen angerührt hatte, mit niemandem mehr die Ajoulotte tanzen. Sie war über die Maßen traurig und sprach kein Wort. Auf einmal hörte man im Graben ein Pfeifen. Die Schlange rief sie.
Als die Zeit zum Schlafen herankam, war die Braut verschwunden. Man suchte sie überall im Schloß. Pechfackeln wurden angezündet, damit man die ganze Umgebung absuchen könne. Aber vergebens. Man sah die Braut niemals wieder, und auch die Schlange hörte man nie mehr in der Vouivre-Schlucht pfeifen. Die beiden Gespielen waren fort, Gott weiß wo.

Aus dem Französischen von Sigrid Früh

Italienisches Sprachgebiet

Die Märchen der südlichen Schweiz sind schon von der Italianità geprägt. Da und dort zeigt sich ein Zusammenhang mit dem Belcanto. Kleine Einzelheiten spitzen sich auf das Besondere zu, auf eine wundersame Dingmagie oder auf die Unterscheidung von Sein und Schein, an der ein vermeintliches Glück scheitert, zugunsten eines wahren.

Häufig findet Versöhnlichkeit ihren Ausdruck: selbst ein Magier ist nicht so grausam, als daß man ihm nicht ein gutes Herz zugestehen könnte. Eine Strafe fällt zwar exemplarisch, aber nicht unmenschlich aus. Das dämonisch Böse wird dank Symbolen des Glaubens entwaffnet. Immer wieder verbürgen Treue, Weisheit und Tapferkeit ein langes, glückhaftes Leben.

F. S.

Scherenschnitt „Das Sonnenschloss" H Goller 86.

DIE SCHÖNE INFINITA MIT DEN GOLDENEN ZÖPFEN

Es waren einst ein König und eine Königin, die hatten drei Söhne. Davon hieß der älteste Joseph. Er kehrte nach vielen Jahren Studiums von der hohen Schule zurück, und alle Leute der Gegend waren in festlicher Stimmung, um ihn feierlich zu empfangen.
Durch die Schar der Leute am Hof drängte sich auch ein altes Weib, welches ein Säcklein voll Brot auf den Schultern trug, das sie unter der königlichen Tafel zusammengelesen hatte. Weil sie aber so klein war, daß man sie kaum bemerkte, wurde sie im Gedränge von der Menge des Volkes unabsichtlich umgestoßen. Dabei rollte das Säcklein auf den Boden, öffnete sich und die Brotbröcklein fielen auf das Pflaster. Die Alte machte in ihrer Entrüstung eine so komische Grimasse, daß Prinz Joseph das Lachen nicht unterdrücken konnte. Die arme Frau, dadurch doppelt gekränkt, wandte sich an den Spötter und schleuderte ihm voller Zorn die Verwünschung entgegen:
»Du sollst nicht eher Ruhe haben, als bis du die schöne Infinita mit den goldenen Zöpfen gefunden hast!«
Der Königssohn und die anderen Leute hörten es; aber sie beachteten diese Worte nicht. Bald darauf waren die Festlichkeiten zu Ende. Doch Joseph war von diesem Augenblicke an nie mehr recht zufrieden. Schließlich sagte er zum König:
»O Vater, gib mir das schnellste Pferd, denn ich muß mich aufmachen, um die schöne Infinita zu suchen.«
Der Vater wollte davon nichts wissen. Weil jedoch der Sohn nicht aufhörte, ihn zu bestürmen, mußte er ihn schließlich ziehen lassen. Also ging er fort und ritt mitten durch Wälder, über Gebirge und verlassene Gegenden, ohne irgendeinen Aufenthalt. Endlich sah er eines Nachts in der Ferne etwas Helles schimmern. Bald darauf konnte er ein Haus erblicken, und noch vor Mitternacht langte er dort an. Er klopfte an die Tür, und ein alter Mann mit weißem Bart trat

heraus, der ihn mit freundlichem Antlitz willkommen hieß. Er ließ ihn an seiner Seite Platz nehmen, stellte ihm ein Nachtessen auf und sprach:
»Diese Nacht schläfst du in meiner Hütte und ruhst dich aus; denn wie ich sehe, bist du recht müde.«
»Ich danke Euch, recht gerne will ich dableiben«, antwortete Joseph, »aber ich bin hierhergekommen, um Euch zu fragen, ob Ihr vielleicht wißt, wo die schöne Infinita wohnt?«
Der Einsiedler erwiderte: »Ich bin schon alt, habe jedoch noch nie von ihr erzählen hören. Doch habe ich einen Bruder, der älter ist als ich. Er wohnt jenseits der sieben Berge, weit entfernt von hier. Der könnte es vielleicht wissen.«
Am folgenden Morgen machte sich Joseph in der angegebenen Richtung auf den Weg. Auf der Wanderschaft stieß er auf ein altes Weib, das ihn wiedererkannte. Es war jene, die gegen ihn damals die Verwünschung ausgesprochen hatte. Sie ritt auf einem prächtigen, feurigen Pferd und hielt ein Schwert an der Seite.
»Gib mir dein Roß und deinen Degen«, sprach sie zu ihm, »so will ich dir die meinen geben. Sobald du mit diesem Schwert hier eine Person berührst, wird sie sogleich tot zur Erde fallen. Berührst du sie zum zweiten Male, so wird sie wieder lebendig auferstehen. Und hier, dies Pferd rennt so schnell wie der Wind.«
Der Königssohn willigte in den Tausch ein, und die Alte verschwand. Der Jüngling gab dem Pferd einen Hieb mit der Peitsche, und es jagte davon wie der Blitz. So ritt er von dannen über die sieben Gebirge und erreichte die Hütte des zweiten Einsiedlers. Dort hielt er an und klopfte an die Tür. Der gute Alte nahm ihn gastfreundlich auf und lud ihn ein, Platz zu nehmen; aber der Königssohn fragte:
»Könnt Ihr mir nicht bitte sagen, wo die schöne Infinita wohnt?«
»Ich bin alt, sehr alt«, antwortete der Eremit, »gleichwohl hörte ich noch nie von ihr reden. Doch habe ich einen älteren Bruder, der wohnt sieben Gebirge weiter weg. Es ist wohl möglich, daß er es weiß.«
Prinz Joseph dankte ihm, stieg sogleich wieder aufs Pferd

und galoppierte wie der Wind davon. In kurzer Zeit gelangte er zum dritten Waldbruder und klopfte an die Tür. Sogleich schaute der alte Mann heraus. Er hatte einen ehrwürdigen langen Bart, der weiß wie Milch war und ihm bis an die Knie reichte.
»Was wollt Ihr, schöner Jüngling?« fragte er ihn. Und der Prinz antwortete:
»Ich bin gekommen, um Euch zu fragen, ob Ihr wißt, wo die schöne Infinita wohnt.«
Und der Eremit gab zur Antwort: »Ich bin alt, uralt, aber noch nie habe ich von ihr reden hören. Doch habe ich einen Sohn, der ›Wind‹ heißt und immerfort umherstreift. Der hat sie vielleicht irgendwo gesehen.«
Joseph setzte sich hin, um ›Wind‹ zu erwarten. Und siehe da, auf einmal kam er herbei. Der Prinz fragte ihn nach der schönen Infinita, und Wind entgegnete:
»Morgen gehe ich gerade zu ihr, um ihr die Wäsche zu trocknen. Merkt wohl, ich stehe frühzeitig auf. Ich rufe dreimal, dann reise ich fort, auch wenn ihr mich nicht gehört habt.«
Joseph schlief wenig, und am Morgen in aller Frühe folgte er dem Wind. Bald erreichten sie das Haus der schönen Infinita. Der Prinz lief rings ums Haus herum, sah aber weder Türen noch Fenster. Da und dort standen Marmorstatuen im Grün des Gartens. Eine davon berührte er aus Versehen. Da sah er, wie ein schöner Jüngling daraus hervorkam, der ebenfalls ein Königssohn gewesen war. Von ihm erfuhr er, daß alle jene Marmorfiguren nichts anderes als hübsche Jünglinge waren, die die schöne Infinita hatten sehen wollen und dann von der Zauberin in Statuen verwandelt worden waren. Da erweckte der Prinz auch die anderen Jünglinge. Diese zeigten ihm eine Öffnung in der Mauer und erklärten ihm, daß dies die Türe sei. Doch warnten sie ihn, ja nicht hindurchzugehen; denn hinter der Türe ständen zwei Riesen, die niemanden eintreten ließen. Er aber hörte nicht auf sie. Wie er die beiden Riesen sah, berührte er sie mit seinem Schwert und sie fielen tot zu Boden.
Schließlich fand er die schöne Infinita, die in der Tat von bezauberndem Liebreiz war. Sie fragte ihn:

»Aber, wie hast du es angestellt, bis hierher zu kommen? Seit zwanzig Jahren bist du der erste, dem dies gelungen ist. Und jetzt, was soll ich mit dir anfangen? Wo soll ich dich verstekken? Weißt du denn nicht, daß die Zauberin dich mit einem einzigen Bissen zum Nachtessen verschlingen wird, wenn sie dich hier sieht?«
Und wirklich nahte nun die Böse. Die schöne Infinita versteckte den Jüngling sogleich. Die Hexe merkte aber, daß jemand eingedrungen war. Sie rümpfte die Nase und brummte:
»Ich rieche einen Christenmenschen. So höre wohl, was ich dir sage: Kannst du den Tisch so decken, daß der Tisch den Fußboden nicht berührt, das Tischtuch den Tisch nicht berührt und daß auch die Becher das Tischtuch nicht berühren und dennoch nichts dazwischen ist, so will ich jenen Jüngling verschonen, den du dort versteckt hast; kannst du das aber nicht, so esse ich ihn lebendig und schön, wie er ist, auf.«
Mit diesen Worten ging sie fort.
Jetzt rief die schöne Infinita den Prinzen Joseph aus dem Versteck hervor und sprach zu ihm.
»Weißt du, was wir jetzt tun müssen? Wir wollen fliehen und diese drei Dinge mit uns nehmen: Einen Stein, eine Blume und ein Wasserfläschchen.«
Und so geschah es auch. Als die Zauberin zurückkam und niemanden mehr fand, geriet sie in größten Zorn, fluchte und befahl ihren Dienern, sich augenblicklich auf den Weg zu machen, um die Flüchtlinge einzuholen.
Unterdessen eilten Joseph und die schöne Infinita in schnellstem Lauf davon wie der Wind. Als sie glaubten, weit genug entfernt zu sein, hielten sie an, um ein wenig auszuruhen. Bald aber merkten sie, daß sie von zwei Dienern verfolgt wurden. Da sprach das Mädchen:
»Laß uns diesen Stein dorthin werfen. Dann verwandle ich mich in eine Kirche und einen Kirchturm, und du wirst der Küster.«
»Recht so, ich bin einverstanden«, erwiderte der Königssohn. Sie schleuderten also den Stein auf den Weg, worauf sich augenblicklich eine Kirche mit dem Glockenturm erhob, und der Prinz stellte sich an den Eingang, wie wenn er

jemand erwartete. Die Diener kamen herangelaufen und fragten ihn:
»Sagt uns bitte, guter Mann, ob Ihr einen Jüngling und ein Fräulein habt vorübergehen sehen?«
»Ich habe bereits das erste Zeichen geläutet, und jetzt gehe ich, zum zweiten Mal zur Messe zu läuten. Möchtet ihr vielleicht die Messe hören?«
»So mach doch, daß du fortkommst, du und deine Messe!« antworteten die Diener und kehrten wieder nach Hause zurück.
Die Zauberin, außer sich vor Zorn über diesen Mißerfolg, schickte zwei andere Diener aus. Joseph und die schöne Infinita waren inzwischen weitergeflüchtet und liefen lange Zeit. Kaum hatten sie sich jedoch hingesetzt, um ein wenig auszuruhen, so erblickten sie die beiden Diener, welche ihnen nachsetzten. Da sprach das Mädchen:
»Laß uns diese Blume auf den Boden werfen. Ich werde in einen Garten verwandelt, und du wirst der Gärtner sein.«
Und so geschah es. Als die Diener anlangten, fragten sie den Gärtner, der neben dem Gatter stand:
»Habt Ihr vielleicht einen Jüngling und ein Mädchen hier vorübergehen sehen?«
Da erwiderte der Gärtner: »Bald werden der Salat und der Knoblauch groß sein. Heute säe ich noch Petersilie an.«
Die beiden andern entgegneten: »Ach, scher dich doch zum Kuckuck, samt deinen Krautstengeln!« und damit kehrten sie unverrichteter Dinge nach Hause zurück.
»Ihr seid doch rechte Einfaltspinsel!« schimpfte die Zauberin. »Habt ihr denn nicht gemerkt, daß sie der Garten und Joseph der Gärtner war?«
Nun machte sie sich selber auf, um die Flüchtlinge zu erwischen. Joseph und die schöne Infinita liefen immer noch, als sie plötzlich merkten, daß sie von der Hexe in eigener Person verfolgt wurden. In aller Eile warfen sie das Wasserfläschchen zu Boden und sogleich bildete sich ein See mit einem Aal darin; aber dieser glitt der Hexe aus den Händen und sie konnte ihn nicht fassen. Schließlich gab sie die Sache auf und sprach:
»Ich will euch laufen lassen. Aber, Infinita, erinnere dich

wohl daran, sobald dein Joseph nach Hause gelangt und sich bei der Rückkehr von irgend jemand küssen läßt, wird er dich für immer vergessen.«

Und damit ging sie fort.

Die beiden jungen Leute machten sich wieder auf den Weg. Sie gelangten zu einer Stadt, die nicht weit von Josephs väterlichem Schloß entfernt war. Da brachte er die schöne Infinita in eine Herberge, wo sie warten sollte, bis er wiederkäme. Dann kehrte er an den Königshof zurück, um alles seinen Eltern zu erzählen. Hernach wollte er die schöne Frau in einer Karosse festlich abholen.

Daheim angekommen, hatte er Mühe, sich wieder zu erkennen zu geben. Er warnte alle seine Leute, ihn ja nicht zu küssen, und dann begab er sich in sein Schlafgemach, um sich von der Reise auszuruhen. Während er schlief, näherte sich einer seiner Brüder, der nichts von allem wußte, dem Bette und küßte den Schläfer aus Freude, ihn wieder zu sehen. In diesem Augenblick vergaß Joseph alles, und auch die schöne Infinita war seinem Gedächtnis gänzlich entschwunden.

So wartete die Braut vergeblich auf ihn. Als sie sah, daß er nicht wiederkehrte, fing sie eine Kaffeewirtschaft an und ließ sich die »schöne Kaffeewirtin« nennen. Joseph kam zufällig auch dorthin, kehrte ein und konnte das schöne Mädchen nicht genug bewundern. Auch sie fand Gefallen an ihm; aber als sie abends allein im Zimmer waren, befahl sie ihm:

»Schließ doch jene Fensterläden!«

Er gehorchte, aber während er den einen Fensterladen schloß, öffnete sich der andere wieder. Und so mußte er die ganze Nacht damit verbringen, die Fensterläden zu schließen, ohne sich zur Ruhe legen zu können. Enttäuscht kehrte er nach Hause zurück, sagte aber niemandem etwas von seinem Erlebnis.

Am folgenden Tag wollte sein Bruder auch hingehen, um die schöne Kaffeewirtin zu besuchen. Auch er wurde von ihrer einzigartigen Schönheit bezaubert und bestürmte sie um ihre Liebe. Sie zeigte sich ihm scheinbar entgegenkommend, fügte jedoch hinzu:

»Du wirst zwei Kerzen in das Schlafzimmer bringen, und sobald ich im Bette bin, wirst du sie auslöschen!«

Am Abend trug er wirklich zwei Leuchter mit Kerzen in die Schlafstube; aber während er die eine auslöschte, zündete sich die andere wieder von selbst an. So ging es die ganze Nacht hindurch, und er konnte nicht schlafen.

Am nächsten Morgen kehrte er nach Hause zurück, ohne jemandem etwas von dem Vorgefallenen zu sagen. Am folgenden Tag suchte auch der jüngste Bruder die Kaffeewirtin auf. Auch er verliebte sich in sie und schenkte ihr in seiner Freude prächtige Schmucksachen. Am Abend begab er sich in ihr Schlafgemach; aber während er einen Stiefel auszog, hatte er den andern schon wieder am Fuß. Und so mußte er immerfort seine Stiefel ausziehen, bis der Morgen da war.

Ärgerlich kehrte er nach Hause zurück und erzählte alles seinen Brüdern. Diese schauten sich verwundert an, und dann berichteten sie einander, was jedem von ihnen begegnet war.

Mittlerweile hatte der König für seinen ältesten Sohn eine Braut gesucht, denn es war die Zeit gekommen, ihn zu verheiraten. Es kam der Tag, an dem die Verlobung stattfinden sollte. Es wurde dazu ein Festmahl veranstaltet, zu dem auch die Kaffeewirtin eingeladen war. Als alle Gäste ihr Glas erhoben, um auf das künftige Glück des Brautpaares anzustoßen, wandte sich die schöne Infinita an Joseph und sprach zu ihm:

»Erinnerst du dich nicht mehr an das Zauberschloß, wohin du gekommen bist, mich abzuholen? Denkst du nicht mehr daran, wie du damals den Küster, den Gärtner und den Aal entstehen ließest? Erinnerst du dich nicht mehr an all das, was ich um deinetwillen erlitten und erduldet habe? Und wie steht es um die Versprechungen, die du mir gemacht hast?«

Joseph schaute das Mädchen genauer an und erkannte plötzlich an ihren langen goldenen Zöpfen seine geliebte Infinita. Tief gerührt umarmte er sie mit Tränen in den Augen und sprach zu ihr:

»Du allein bist meine auserwählte Braut.«

Die andere, die der Vater für ihn bestimmt hatte, mußte wieder heimziehen. Und nun, da sich die beiden glücklich wieder gefunden hatten, feierten sie erst recht den Tag ihrer Verlobung.

DAS ADLERMÄDCHEN

An einem warmen Julitag stieg eine Witfrau, ich weiß nicht aus welchem Dorf, auf den Berg hinauf, um zu heuen. Sie trug in ihrem großen Korb, den sie auf den Rücken gebunden hatte, auch ihr zweijähriges Kind. Das war ein herziges und wunderliebliches Mädchen. Während die Mutter emsig mit Heuen beschäftigt war, hüpfte das Kind bald da, bald dorthin, um Alpenblümlein zu pflücken. Auf einmal kam ein mächtiger Adler, gleich einem fallenden Stern, auf das Kind herabgeflogen, packte die Kleine mit seinen scharfen Krallen und trug sie davon in sein Nest.
Denkt euch den Schrecken, die Verzweiflung und das Weinen der unglücklichen Mutter! Aber wie sonderbar, das Kind hatte keine Angst vor dem schrecklichen Raubvogel. Es schmiegte sich zufrieden an seinen Hals, lachte und spielte mit seinen Federn. Der Adler, besiegt von den unschuldigen und anmutigen Liebkosungen der Kleinen, faßte Zuneigung zu ihr und beschloß, sie als Tochter an Kindesstatt anzunehmen. Er brachte ihr Früchte und wilden Honig zu essen und zeigte ihr, wie man auf den abschüssigen Feldern der Berge herumklettern und sich festklammern müsse.
Eines schönen Tages begann der Adler für sein Pflegekind in die Dörfer tief unten im Tal oder in die Ebene hinunterzufliegen, um allerhand Wäsche und Kleidchen der Bauernmädchen zu rauben, die zum Trocknen in der Sonne hingen. Dann, als das Kind immer größer wurde, wollte er, daß es Kleider aus Sammet und Seide anzöge. Deshalb flog er in die Schlösser und Paläste der Königin und der Prinzessinnen, raubte dort die wundervollen Kleider und trug sie von dannen auf die unzulänglichen Höhen seiner Felshöhle. Eine Königin, der eine Menge Kleider und Schmucksachen auf diese Weise weggekommen waren, bat

schließlich ihren Sohn, jenen schrecklichen Raubvogel zu erjagen.
Der Prinz wollte zuerst seiner Mutter nicht gehorchen. Dann aber fragte er sich, neugierig geworden, wieso wohl ein Vogel dazu komme, Kleider und Juwelen zu stehlen und beschloß darum, der Sache auf den Grund zu gehen. Monate und Monate lang streifte er im Gebirge umher, ohne den Raubvogel zu finden. Schon hatte er wieder den Entschluß gefaßt, sein kühnes Unternehmen aufzugeben, als er plötzlich an einem schönen Tag im Mai eine süße Mädchenstimme hörte, die oberhalb seines Standortes sang. Sogleich kletterte er am Felsen empor und fand die junge Sängerin ganz vergnüglich im großen Nest des Adlers sitzen. Wie überirdisch schön war sie! Sogleich ging der Jüngling auf sie zu. Sie wurden bald gute Freunde und erzählten einander ihre Erlebnisse.
Das Mädchen berichtete dem Prinzen die wunderbare Geschichte ihres Lebens in dieser Bergeinsamkeit. Dieser wollte, daß sie nunmehr in sein schönes Schloß komme und seine Gemahlin werde. Das hübsche Mädchen war damit einverstanden. Sie stiegen zusammen ins Tal und gelangten endlich zur Königsburg. Dort stellte der Prinz seine Begleiterin dem Vater vor und sie erzählten ihm, auf welch sonderbare Art sie sich gefunden hatten. Der König hieß das wunderschöne Mädchen mit einem Kuß willkommen, nannte sie Aquila oder Adler, gab seine Einwilligung zur Verlobung und traf alle möglichen Vorbereitungen für eine glanzvolle Hochzeit.
Die alte Königinmutter jedoch wollte durchaus nichts davon wissen, daß ihr Sohn eine solche abenteuerliche Vermählung eingehe und jenes wildfremde Mädchen zur Frau nehme. Sie befahl daher im geheimen zwei Dienern, die Braut in den Fluß zu werfen. Und diese gehorchten.
Aber der Adler hatte das verzweifelte Schreien des armen Mädchens gehört, das im Begriff war, im Wasser zu ertrinken. Schnell wie der Blitz flog er herbei und brachte die Ertrinkende ans Ufer. Darauf kehrte Aquila in das Schloß zurück. Am folgenden Tag heiratete der schöne Prinz seine liebliche Braut.

Um die grausame Königin zu bestrafen, zog sich der König von der Regierung zurück und überließ den Thron seinem Sohne, damit seine liebe Schwiegertochter Aquila Königin werde.

DAS SONNENSCHLOSS

Es war einmal ein Bauersmann, der wohnte mitten in einem großen Wald. Vor seinem Haus dehnte sich eine Wiese mit vielen Blumen aus, auf der das schönste Gras wuchs, das man nur irgend finden konnte. Diese Wiese schien ihm das wertvollste Besitztum, das er hatte. Wie groß war daher sein Erstaunen, als er am Morgen eines strahlenden Sommertages gewahren mußte, wie das feine Gras von Menschen zerstampft worden war.

»Wer mag das wohl gewesen sein?« fragte sich der Bauer.

Am folgenden Tag stand er wieder in aller Frühe vor seiner Haustür, und abermals lag das Gras geknickt und zertreten am Boden. Dies konnte nur über Nacht geschehen sein. Voller Kummer und Zorn nahm er sich vor, herauszubringen, wer ihm den Schaden zugefügt habe. Er befahl deshalb seinem ältesten Sohn, nachtsüber zu wachen und zu spähen, wer da im Gras herumlaufe. Der Sohn setzte sich also hinter ein Gesträuch am Waldrand; aber gegen Mitternacht fühlte er sich so müde, daß er in tiefen Schlaf verfiel. Er schlief wie eine Haselmaus und erwachte erst, als die Sonne schon die höchsten Gipfel der Tessiner Berge vergoldete. Er rieb sich die Augen und sah, daß die Wiese wieder zerstampft war, wie das erste Mal. Beschämt und ärgerlich kehrte er ins Haus zurück und konnte dem Vater keinen Aufschluß geben.

In der folgenden Nacht übertrug der Bauer seinem zweitältesten Sohn die Bewachung der Wiese. Dieser versicherte, er werde gewiß herausbringen, wer der Übeltäter sei. Dann sagte er seinen Eltern gute Nacht und versteckte sich in einem Gebüsch. Er nickte aber bald ein und schlummerte wie ein Siebenschläfer, so daß er am Morgen ohne Erfolg heimkehrte.

Als das der jüngste Sohn Vittorino hörte, anerbot er sich, in der dritten Nacht zu wachen.
»Das ist verlorene Liebesmühe«, entgegnete ihm der Vater, »du bist noch zu jung, um eine ganze Nacht im Freien draußen Wache zu stehen. Und übrigens wirst du auch schwerlich mehr Glück haben als deine Brüder.«
Aber der Jüngling bat so lange, bis der Vater es ihm erlaubte, und als es dunkel war, schlüpfte er zur Tür hinaus auf die Waldwiese. Dort wachte er die lange Nacht; es ereignete sich jedoch nichts. Schon fing er an, ungeduldig zu werden, blieb aber gleichwohl auf seinem Posten. Endlich stieg die Morgenröte über die Berge, und er sah im unbestimmten Dämmerlicht drei schneeweiße Tauben herabfliegen. Dann bemerkte er, wie sie nach einer kurzen Ruhepause ihr Federkleid ins Gras legten und sich alsdann in drei schöne Mädchen verwandelten, die auf der Waldwiese einen wunderlieblichen Tanz begannen, so duftig und zart, wie Elfen, deren Füße und Flügel kaum den Blumenteppich berührten.
Eines der Mädchen war von so außergewöhnlicher Schönheit, daß Vittorino ihrem Liebreiz nicht widerstehen konnte und sich in sie verliebte. Nachdem er eine hübsche Weile ganz still dem zierlichen Reigen zugeschaut hatte, lief er hin, nahm ihnen heimlich das feine Federkleid weg und versteckte sich hinter einer Hecke wilder Rosen. Schon war indessen die Sonne höhergestiegen und vergoldete mit ihren Strahlen die Baumwipfel des Waldrandes. Sie gab damit den hübschen Mädchen zu erkennen, daß es Zeit sei, den Tanz abzubrechen. Darauf liefen sie auseinander, ihre Mäntel zu holen, fanden sie aber nicht. Sie suchten hier, sie suchten dort und entdeckten schließlich den Jüngling im Rosengebüsch. Gleich vermuteten sie – und mit Recht –, daß er sie ihnen weggenommen habe. Sie näherten sich ihm auf die artigste Weise und baten ihn freundlich, ihnen das Federkleid wiederzugeben.
»Ich will es euch bringen«, erwiderte der Jüngling, »aber nur unter zwei Bedingungen. Vor allem müßt ihr mir als erstes sagen, wer ihr seid und woher ihr kommt.«
»So höre«, nahm jetzt die Schönste von ihnen das Wort, »ich bin die einzige Tochter eines mächtigen Königs, und

dies hier sind meine Kammerzofen und Ehrenfräulein. Wir kommen vom Sonnenschloß, das noch nie ein Mensch betreten hat und wohin niemand gelangen kann.«
»Meine zweite Bedingung«, fuhr jetzt der Jüngling fort, »ist, daß mir die Königstochter ihre Liebe schenke und ewige Treue gelobe, und daß sie selbst den Tag unserer Hochzeit bestimme.«
Als die drei Mädchen sahen, wie die Sonne immer höher stieg und es heller Tag wurde, sahen sie sich genötigt, auch dieser zweiten Bitte zu willfahren. Darauf schworen sich die beiden Verlobten ewige Liebe, bestimmten den Tag ihrer Hochzeit und versprachen sich gegenseitig, einander nicht zu verlassen. Nun gab ihnen Vittorino ihr Federkleid zurück, die Jungfrauen verwandelten sich wieder in Tauben und flogen über die Waldwiese davon.
Kaum war Vittorino zurückgekehrt, so bestürmten ihn der Vater und die Brüder mit Fragen. Er sprach jedoch wenig und gab vor, er sei in tiefen Schlaf versunken und habe nichts beobachtet. Jetzt lachten ihn die Brüder aus, daß er es habe besser machen wollen als sie beide, die doch älter seien als er.
Endlich kam der langersehnte Tag, wo die Hochzeit stattfinden sollte. Vittorino ging zum Vater und bat ihn, ein großes Festmahl zu veranstalten und alle Verwandten und Freunde dazu einzuladen. Und so geschah es. Es wurden die feinsten Speisen und die besten Weine aufgetragen, und als bei fröhlichem Gläserklang die Festlichkeit begann, hörte man plötzlich den Lärm einer Kutsche, die in den Hof einfuhr, gezogen von vier prächtigen Pferden. Daraus hervor stieg die schöne Königstochter, in ein wundervolles Brautkleid gehüllt und begleitet von ihren beiden Hofdamen. Als nun die Gäste die Wahrheit jener zauberhaften Nacht erfuhren, beglückwünschten sie den Jüngling zu seiner trefflichen Wahl und konnten die schöne Braut nicht genug bewundern. So wurde die Hochzeit mit viel Freude gefeiert. Bevor aber die Morgendämmerung über die Waldwiese emporstieg, erklärte die Braut, sie müsse abreisen und wieder in ihr Schloß zurückkehren, wo sie von Orco, einem Ungeheuer, überwacht würde, das von ihrer heimlichen

Vermählung nichts erfahren dürfe, sonst würde es sie umbringen, gleich wo sie sich aufhalte. Der junge Bräutigam mochte sie – so leid es ihm tat – nicht am Fortgehen hindern; er spornte sie vielmehr zur Eile an, damit ihr kein Unheil widerfahre. Mit Tränen in den Augen nahmen sie Abschied. Als sie sich zum letztenmal umarmten, überreichte ihm die Braut einen kostbaren Ring zum Andenken. Dann bestieg sie mit ihren Ehrendamen die vergoldete Karosse, und fort rollte der Wagen wie der Wind so schnell.

Seit jenem Tag hatte Vittorino, der Neuvermählte, keine Ruhe mehr. Er wünschte nichts anderes, als in das Sonnenschloß zu gelangen. Daher trat er eines Tages vor seinen Vater mit der Bitte, fortgehen zu dürfen. Dieser wollte ihm nicht vor dem Glück sein und gab ihm seinen Segen. Also machte sich der junge Mann auf den Weg und fragte überall, wohin er kam, wo sich das Sonnenschloß befände, aber niemand konnte ihm die Richtung weisen.

Er gelangte in einen Wald und hörte dort zwei mächtige Stimmen erschallen, deren Echo an den Bergwänden und in den Schluchten der Wildbäche widerhallte. Vorsichtig schritt er weiter und erblickte zwei Riesen, die miteinander zankten. Er faßte sich Mut, trat herzu und fragte sie höflich »Ei, warum streitet ihr miteinander?«

Da antwortete einer von ihnen:

»Unser Vater ist vor kurzem gestorben, und da teilten ich und mein Bruder die Habe. Es bleibt uns jetzt nur noch ein Paar Schuhe, ein Mantel und ein Degen zu verteilen. Und nun möchte jeder von uns diese Dinge für sich behalten.«

»Nun denn«, erwiderte Vittorino, »wenn ihr euch nicht einigen könnt, so will ich euch einen Vorschlag machen. Und wenn ihr meinem Rate folgt, so versichere ich euch, daß ihr nachher euren Frieden habt und einander wieder wie gute Brüder liebt.«

Als die beiden Riesen den Vorschlag vernahmen, baten sie ihn, er solle sich deutlicher ausdrücken.

»Nun also, meine Freunde, ich bin ein armer Pilger und muß weit wandern, durch Königreiche ziehen, über hohe Berge steigen und viele Gefahren bestehen. Wenn ihr mir euren Mantel, eure Schuhe und euren Degen gebt, so werden sie mir treffliche Dienste leisten, und ihr braucht euch darüber nicht mehr zu streiten.«

Den beiden Riesen gefiel dieser Vorschlag, und sie übergaben ihm die drei gewünschten Dinge zum Geschenk.

»Nun mußt du aber noch wissen, junger Mann, bevor du weiterziehst, welche Vorzüge die drei Geschenke besitzen. Wenn du diese Schuhe anziehst, so wirst du bei jedem Schritt hundert Meilen weit kommen. Dieser Mantel da wird dich bei deinen Feinden unsichtbar machen. Berührst du ferner jemand mit der Spitze dieses Degens, so wird er tot niedersinken; berührst du hingegen einem Toten die Stirne mit dem Griff des Degens, so wird er vom Tode wieder auferstehen.«

Vittorino zog alsbald die Meilenstiefel an, umhüllte sich mit dem Mantel, gürtete das Schwert um, dankte den Riesen und nahm Abschied. Er war voller Glück und wanderte durch unbekannte Länder und Städte, über Ebenen, Flüsse und Gebirge.

Eines Abends gelangte er in einen dichten Wald. Ermüdet von der Reise, wollte er sich niederlegen. Da sah er zwischen den Bäumen in der Ferne ein Licht. Also nahm er seine letzten Kräfte zusammen, wanderte dem Licht entgegen und gelangte vor eine armselige Hütte. Ein uraltes Mütterchen saß auf der Türschwelle. Vittorino nahm höflich den Hut ab, grüßte die Frau mit freundlichen Worten und bat sie, ihm über Nacht Herberge zu geben, denn er könne nicht weiter. Sie hieß ihn eintreten, und ehe er sich zur Ruhe legte, fragte er sie, ob sie wisse, wo das Sonnenschloß zu finden sei.

»Morgen früh«, antwortete die alte Frau, »will ich meine Untergebenen zusammenrufen und sie fragen, wo diese Burg sich befindet. Und nun, gute Nacht, hübscher Jüngling!«

Sobald die Sonne über den Bergen aufstieg, rief die Alte alle Tiere des Waldes herbei, denn das waren ihre Untergebenen. Bald darauf versammelten sich vor ihrer Hütte Bären, Wölfe, Tiger, Löwen, Panther und alle möglichen Tiere und lagerten sich friedlich zu Füßen ihrer Herrin. Die Alte

fragte, wo sich das Sonnenschloß befinde. Die Tiere hielten Rat, aber keines wußte Auskunft zu geben.
»Wie du siehst«, sprach die Alte, »ist es mir unmöglich, dir den Weg zu zeigen. Doch habe ich eine Schwester, die hunderttausend Meilen von hier wohnt. Sie regiert über die Fische und ist die Königin der Bewohner von Flüssen, Seen und Meeren. Es ist leicht möglich, daß sie etwas davon weiß.«
Vittorino war zwar enttäuscht über diesen Bescheid; doch ließ er sich nicht entmutigen, dankte ihr und wanderte weiter. Endlich gelangte er am Abend ans Meeresufer. Dort sah er am Strand eine baufällige Hütte, und auf der Türschwelle fand er eine Frau, die vom hohen Alter noch mehr gebückt war als die erste. Er grüßte sie ehrfurchtsvoll, erzählte ihr den Grund seiner Reise und bat sie, über Nacht dableiben zu dürfen, was sie auch gewährte.
Als der Morgen anbrach, setzte sie sich an die Wellen des Meeres und rief ihre tausend und abertausend Untertanen herbei, welche sie fragte, wo sich die Sonnenburg befinde. Da kamen die Bewohner des Meeres herbeigeschwommen, die Walfische und Delphine, die Salmen und Hechte und viele andere und hielten Rat. Nach langem Fragen kamen sie überein, daß noch keiner von einem Schloß dieses Namens gehört habe. Der Alten tat es leid, dem jungen Mann nicht besseren Bescheid geben zu können, doch fügte sie bei:
»Viele Meilen weit entfernt von hier wohnt meine älteste Schwester. Sie ist die Königin über alle Vögel und kann dir vielleicht eine bessere Auskunft geben. Wenn sie es dann nicht weiß, so wird alles weitere Fragen nutzlos sein. Leb wohl!«
Vittorino sagte ihr schönen Dank und wanderte viele hundert Meilen weit. Dann verbrachte er die Nacht in einer dunklen Grotte des Gebirges und sah von dort aus am anderen Morgen, wie auf der Höhe eines nahen Bergrückens eine zerfallene Hütte sich erhob. Nahe dabei stand eine alte Frau, die sich an der Sonne wärmte. Er stieg zu ihr hinauf, grüßte sie freundlich und küßte ihre runzlige Hand. Wer weiß, wie viele Menschenalter sie schon in jener Bergeinsamkeit verbracht hatte.

»Wer bist du?« fragte die über hundert Jahre alte Frau mit langsamer und feierlicher Stimme. »Wisse, daß ich hier auf diesen Bergen noch nie das Angesicht eines Menschen gesehen habe. Du bist der erste. Sei also willkommen, und sage mir, was dich hierherführt.«

»Seit langer Zeit«, gab Vittorino zur Antwort, »wandere ich durch Länder und Städte und suche das schöne Sonnenschloß, wo noch niemand hingelangt sein soll.«

»Da kannst du dich trösten, mein Lieber, ich weiß dir auch nicht Bescheid, welcher Weg dorthin führt. Aber die Vögel, über die ich regiere, werden dir sicher den Weg zeigen können.«

Und damit rief sie mit einer Hirtenpfeife alle Vögel herbei. Da kamen Adler, Geier, Falken, Störche, Tauben und blaugrüne Papageien herbeigeflogen und lagerten sich zu Füßen ihrer Herrscherin.

»Ich habe euch hergerufen«, sprach sie, »um zu erfahren, ob einer von euch den Weg zum Sonnenschloß kennt.«

Die Vögel hielten Rat, erklärten aber nach vielem Zwitschern, daß ihnen jenes Schloß unbekannt sei.

»Aber seid ihr denn alle hier?« fragte sie mit ungeduldiger Stimme, »wo ist denn der Phönix?«

Nach langem Warten, siehe da, kam aus weiter Ferne noch ein Vogel herbeigeflogen und senkte sich mühsam zur Erde, so sehr war er erschöpft von seiner Reise. Es war der Phönix. Die Greisin fragte ihn mit strenger Miene, warum er so lange habe auf sich warten lassen.

»Seid nicht böse, liebe Herrin«, erwiderte der Vogel, »und entschuldigt mich, ich konnte nicht schneller hier sein, denn, stellt euch vor, ich komme geradewegs vom Sonnenschloß.«

»Nun gut«, erwiderte die Königin, »so mußt du jetzt gleich zur Strafe nochmals dorthin zurückfliegen und diesem Junker hier den Weg zeigen!«

Der Phönix war nicht gerade erfreut über diesen Befehl; aber es blieb ihm nichts anderes übrig, als zu gehorchen.

Vittorino nahm mit vielen Dankesworten Abschied von der alten Frau, setzte sich auf den Rücken des großen Vogels, und dieser schwang sich in die Lüfte. Sie flogen durch die

Wolken empor und sahen bald unter sich die Berge, Täler und Meere verschwinden. Nachdem sie lange durch den Himmelsraum geflogen waren, gelangten sie endlich zum Sonnenschloß. Der Vogel setzte seinen Reiter sorgfältig auf die Stufen des prächtigen Palastes und Vittorino dankte ihm tausendmal.

Schon war die Nacht hereingebrochen, als er an die Pforte klopfte. Da erschien eine der beiden Kammerzofen, die auf der Waldwiese getanzt hatten und, erschreckt vom Anblick des Jünglings, flüchtete sie wieder ins Haus zurück. Hierauf klopfte er aufs neue, und diesmal öffnete die andere. Überrascht von der Ankunft des jungen Mannes, eilte diese zu ihrer Herrin zurück, ihr die Neuigkeit zu überbringen. Es dauerte nicht lange, so erschien seine holde Braut, begleitet von ihren zwei Ehrendamen. Vittorino überreichte seiner Geliebten den Ring als Erkennungszeichen. Darauf ließ sie sofort das Portal der Königsburg aufmachen, eilte ihrem Bräutigam entgegen, umarmte und küßte ihn mit inniger Freude und ließ ihn eintreten. Vittorino erzählte ihr die ganze Nacht, was für unzählige Abenteuer er auf seiner Suche nach der Sonnenburg erlebt hatte.

Nun aber hatte die schöne Braut immer Angst vor dem Orco, der ihren Vater und ihre Brüder heimlich umgebracht hatte, um sie zur Frau zu bekommen, und der sie darum Tag und Nacht bewachte. Am andern Morgen kam er wirklich zum Schloß, schien etwas bemerkt zu haben und sprach:

Nur sachte und immer langsam voran,
Daß ich den Junker fassen kann!

Darauf wollte er in den großen Saal der Burg hinaufsteigen, um der Königstochter seine Ratschläge zu erteilen. Vittorino aber hatte ihn kommen sehen. Flugs hüllte er sich in seinen Mantel, stellte sich an die Saaltüre, und in dem Augenblicke, wo der Orco über die Schwelle trat, versetzte ihm der Junker mit seinem Zauberschwert einen Hieb, daß der Unhold tot zu Boden sank. Jetzt war das Brautpaar von seinem größten Feind befreit. Die beiden umarmten und beglückwünschten sich, und der junge Mann empfing alle

Ehren eines Ritters, wie sie einem solchen wackern Helden gebühren.
Die schöne Prinzessin aber fühlte sich noch nicht ganz glücklich. Sie mußte immer an ihren lieben Vater und ihre Brüder denken, welche sich an ihrem Glück nun so gerne mitgefreut hätten, vor kurzem aber das Opfer des schändlichen Orco geworden waren. Der Bräutigam ließ sich von ihr die Gruft zeigen, wo man die lieben Toten kürzlich bestattet hatte.
Dort hob Vittorino den Deckel des Sarges ab, berührte mit dem Griff seines Degens die Verstorbenen, und plötzlich erwachten diese wieder zu neuem Leben. Darauf wurde der tapfere Ritter zum König gekrönt und nochmals Hochzeitsfest gehalten. Vittorino liebte über alles seine schöne junge Frau. Er regierte mit Weisheit und Milde und vergaß auch seine Eltern und Brüder nicht, denen er viel Geld schenkte. So verbrachte er im Sonnenschloß mit seiner holden Frau ein langes und glückliches Leben.

WIE EIN FISCHER SEIN KIND VERKAUFTE

Gianni trieb, wie schon sein verstorbener Vater, das Handwerk eines Fischers. Freilich hatte er beim Fischfang nie viel Glück gehabt, denn es waren nur wenige Fische, die er jeden Tag fing. Und doch hatte er eine sehr zahlreiche Familie. Fünfzehn Kinder nebst seiner Frau saßen hungrig am Tisch und verlangten nach Brot.
Wie schon oft, so saß er auch an einem schönen Maimorgen, um vier Uhr in aller Frühe, am Seeufer und warf sein braves Netz aus. Aber so oft er es auch zurückzog, so fand er nicht einmal den Schwanz eines Fisches darin. Die Turmuhr hatte bereits acht Uhr geschlagen, und die andern Fischer kehrten schon heimwärts, zufrieden mit ihrem guten Fang. Der unglückliche Gianni aber ließ sich's nicht verdrießen und fischte geduldig weiter. Allein, es wollte auch jetzt kein Fisch in sein Netz gehen.
Schon war er in seiner Verzweiflung im Begriff, seine Sa-

chen zusammenzupacken und heimzukehren, als vor ihm ein alter, aber vornehm gekleideter Mann erschien und ihn liebevoll anredete:
»Guter Mann, wie geht es mit dem Fischfang heute morgen?«
»Schlecht, sehr schlecht, mein Herr! Schon seit vier Uhr sitz ich hier und habe nichts, aber auch gar nichts gefangen, und meine Familie hat nichts zu essen.«
»Nun gut, lieber Freund«, sagte der Unbekannte, »so will ich euer Glück machen. Aber unter einer Bedingung. Ihr müßt mir euer nächstes Söhnlein, das ihr bekommt, verkaufen, wenn es vierzehn Jahre alt geworden ist. Wollt ihr das annehmen?«
Der Fischer überlegte bei sich im stillen, daß er und seine Frau bald fünfzig Jahre alt seien und doch keine Kinder mehr zu erwarten hätten. Deshalb gab er zur Antwort:
»Ich bin damit einverstanden.«
»Gut so, dann setzt eure Unterschrift hierher«, sprach der Unbekannte und reichte ihm ein beschriebenes Papier. Der Fischer unterschrieb den Vertrag.
»Da nehmt, hier habt ihr dreihundert Franken«, fügte der Alte hinzu. »Und jetzt werft euer Netz noch einmal aus.«
Der Fischer gehorchte.
»Jetzt zieht es zurück!«
Und, o welch Wunder! Der Fischer zog viele schöne Fische ans Ufer. Er fragte voll Erstaunen:
»Aber wer seid ihr, mein Herr? Wohl gar ein Zauberer?«
»Also«, versetzte der Unbekannte, »es bleibt abgemacht. Heute ist Anfang Mai. Nach fünfzehn Jahren am fünften Mai um acht Uhr morgens seid ihr hier an der gleichen Stelle mit eurem Sohn!«
Und kaum hatte er dies gesagt, war er verschwunden. Glückstrahlend kehrte der Fischer mit dem vielen Geld und den Fischen nach Hause zurück. Von diesem Tag an fing er immer Fische und konnte seine große Familie gut durchbringen.
Ein Jahr später schenkte ihnen Gott aber ein schönes Kind. Die Mutter wußte von dem Pakt, den ihr Mann mit dem

geheimnisvollen Alten abgeschlossen hatte. Sie grämte sich darüber, wenn sie ihr Kindchen anschaute und rief aus:
»Wenn heut über vierzehn Jahren das Kind noch am Leben ist, so wollen wir sicher diesen Schatz nicht hergeben, nicht wahr, mein lieber Mann!«
Dem Söhnlein gaben sie bei der Taufe den Namen Fortunino, der Glückliche. Es wurde rasch größer und war kräftig und schön. Mit sechs Jahren besuchte der Knabe die Dorfschule und wurde bald der Liebling des Lehrers. Er machte gute Fortschritte und war der Tüchtigste in der Schule. Aber so oft der Vater seinen Sohn anschaute, kamen ihm die Tränen, und er konnte nicht anders als weinen. Der Knabe erzählte dies seinem Lehrer und dieser sprach:
»Fortunino, du mußt, koste es, was es wolle, von deinem Vater in Erfahrung bringen, warum er weint, so oft er dich ansieht. Du bist nun dreizehn Jahre alt, bist groß und stark, fast mehr als es deinem Alter entspricht.«
Eines Tages waren Fortunino und sein Vater allein in der Küche. Und wieder fing der Vater, wie gewohnt, zu weinen an, und er weinte wie eine abgeschnittene Rebe.
»Warum weinst du jedesmal, wenn du mich siehst, Vater?« fragte das Kind mit liebevollen Worten. »Was für ein Geheimnis verbirgst du vor mir?«
»Ach, ich weine, ich weine ... so ... so ... Ich weiß es selber nicht recht ... ich ...«
»So sag es mir doch, Väterchen, sag es mir, ich bin doch jetzt dreizehn Jahre alt.«
Da beschloß der Vater, es ihm zu sagen und sprach:
»So wisse, mein liebes Kind, daß ich dich verkauft habe. Es geht nicht mehr ganz ein Jahr, am fünften Mai, so muß ich dich ans Ufer des Sees führen. Dort wird sich um acht Uhr morgens, ein reicher alter Herr einfinden. Dann wirst du mich verlassen und mit ihm gehen müssen. Ich habe ein Schriftstück unterzeichnet. Verzeihe mir. Es war das Elend dran schuld, das mich trieb, dich zu verkaufen, noch ehe du auf der Welt warst. Verzeihe mir, verzeihe mir!«
Und damit brach der unglückliche Vater in lautes Jammern aus.

Fortunino blieb wie versteinert. Er brachte kein Wort heraus, kein Vorwurf kam über seine Lippen.
Am folgenden Tag erzählte er den unerhörten Vorfall seinem Lehrer.
»Die Sache ist sehr ernst, um nicht zu sagen geheimnisvoll«, meinte der Lehrer. »Doch warte ... mir kommt ein Gedanke. Ich habe einen Bruder, der ist Pfarrer im Dorfe P. Vielleicht kann er dir aus dieser Verlegenheit helfen. Morgen gehst du zu ihm. Hier hast du Geld für die Reise. Mut braucht's hier freilich.«
Schon am Abend des nächsten Tages kehrte Fortunino wieder von seiner Reise zurück.
»Und nun«, rief ihm der Lehrer entgegen, »sag schnell, was bringst du mir für Neuigkeiten?«
»Euer trefflicher Bruder sendet euch viele herzliche Grüße. Was den Vertrag anbetrifft, den mein Vater und jener geheimnisvolle Alte abgeschlossen haben, so weiß er nicht, was er dazu sagen soll. Er glaubt, es sei der Teufel. Da sollte man vor allem wissen, wo er zu Hause ist.«
»Das werden wir bald erfahren, Fortunino. Morgen in aller Frühe begibst du dich auf das Gebirge im Osten des Dorfes. Dort droben wohnen zwei Brüder von mir als Einsiedler. Der eine oder der andere wird dir aus dieser Notlage helfen.«
Also stieg Fortunino am anderen Tag hinauf ins Gebirge. Er wanderte und wanderte den ganzen Tag. Endlich gelangte er gegen Sonnenuntergang zur ersten Klause. Er klopfte an, und es öffnete ihm ein alter Einsiedler, der einen langen weißen Bart trug.
»Komm herein, schönes Kind. Was führt dich in so später Stunde zu mir?« Der Junge erzählte, was für einen Vertrag sein Vater mit einem geheimnisvollen Alten, der sicher niemand anders als der Teufel sei, abgeschlossen habe, und fragte den Waldbruder, ob er nicht wisse, in welchem Haus der Unhold wohne.
»Morgen wollen wir darüber nachdenken. Unterdessen nimm und iß dieses Stück Brot und trink von diesem Wasser, denn du wirst Hunger und Durst haben. Nachher legst du dich auf jenen Strohsack und schläfst bis morgen.«

Am andern Morgen versammelte der Eremit mit einem Pfiff seine tausend Tauben und befahl ihnen, durch die Welt zu fliegen, um das Haus des Teufels ausfindig zu machen. Aber nach drei Tagen kehrten die Bewohner der Lüfte wieder zurück, ohne etwas gefunden zu haben.

»Höre, mein Kind!«, sprach der Büßer. »Zwei Stunden Weges von hier wohnt einer meiner Brüder, ein Zauberer, ein Magier, wie es keinen mächtigeren geben kann. Mach dich auf zu ihm, ich bin gewiß, daß er dich von dem Vertrag erretten kann, den dein Vater mit dem Satan geschlossen hat.«

Fortunino dankte und ging fort. Er wanderte und wanderte und klopfte schließlich an die Türe des Zauberers aller Zauberer. Als die Tür aufging, stand die Zauberin auf der Schwelle.

»O du armer Knabe«, rief sie aus, »weißt du denn nicht, daß der schreckliche Zauberer alle auffrißt, die ihm unter die Augen kommen? Weißt du nicht, daß, wer hier zu dieser Tür hineingeht, weder lebend noch tot hier wieder herauskommt?«

Sie hatte jedoch so großes Mitleid mit dem bildschönen Knaben, daß sie ihn eintreten ließ, ihm zu essen gab und ihn dann mit mütterlicher Fürsorge zu Bette brachte.

Nach einer Weile kehrte der Zauberer mit großem Gepolter heim.

»Ich rieche Menschenfleisch!« rief er aus.

»Du bist wohl närrisch«, erwiderte die Zauberin, »iß jetzt zu Nacht und schweig!«

»Nein, ich bin kein Narr. Willst du den Menschen holen, oder soll ich gehen?«

Da eilte die Zauberin zum schlafenden Kind, weckte es, führte den Knaben, der keinerlei Angst hatte, vor den Zauberer und bat ihn so lange und inständig, das hübsche Kind zu schonen, bis der böse Mann einwilligte. Ja, er streichelte sogar den Jungen. Fortunino erzählte ihm unerschrocken von dem Pakt zwischen seinem Vater und dem Teufel und bat ihn treuherzig, er möge ihn doch davon befreien.

»Ich will es tun«, sagte er.

Darauf befahl er seiner Frau, ein tüchtiges Feuer anzufachen und näherte sich hierauf mit dem Knaben dem großen Kamin. Er hatte ein altes Buch bei sich, dessen Pergamentdekkel über und über mit Flecken bedeckt war. Ferner schwang er in der Hand eine Rute aus Eisen, die er im Feuer zum Glühen brachte. Hierauf öffnete er sein Zauberbuch und rief mit donnernder Stimme einen Teufel herbei. Gleich darauf sauste einer durch den Kamin herab. Der war noch ganz jung.

»Bist du es«, sprach der Magier zu ihm, »bist du es, Unglücklicher, der diesen Knaben von einem Fischer gekauft hat, noch ehe der Kleine zur Welt kam?«

»Nein, ich war es nicht!«

»Dann fort mit dir!«

Und damit gab er ihm mit der glühenden Rute einen entsetzlichen Streich. Darauf rief er mit schauerlicher Stimme einen andern Teufel. Jetzt erschien einer, der war alt, sehr alt, verkrüppelt und hatte einen Buckel.

»Bist du es, der von einem Fischer diesen Knaben gekauft hat, noch ehe er geboren war?«

»Ja freilich«, grinste der abscheuliche Satan.

»Aha, du bist's also, du Verwünschter. Da nimm!«

Und der Zauberer fiel über ihn her und versetzte ihm so viele Rutenschläge, bis er halbtot zu Boden fiel.

»Wo ist das Schriftstück, auf dem der Vertrag unterschrieben wurde? Wenn du es mir nicht auf der Stelle gibst, so schlage ich dich tot.«

Jetzt zog der Teufel das Schriftstück hervor, und der Zauberer verbrannte es vor seinen Augen im Kaminfeuer. Darauf kehrte der Satan mit zerschlagenen Gliedern in die Hölle zurück.

Der Zauberer aber, der trotz seiner Grausamkeit doch ein gutes Herz hatte, schenkte dem Knaben Fortunino ein Säcklein voll Goldstücken und ließ ihn dann heimkehren.

Endlich kam der fünfte Mai. Der Fischer saß am Seeufer am selben Ort wie vor fünfzehn Jahren und fischte, und Fortunino stand dabei; aber es erschien niemand, der ihm das Kind verlangte, und so kehrten sie glücklich zur Mutter heim.

DER ARME SCHUHFLICKER

Giovannino war ein armer, armer Schuhflicker im Tessin. Er lebte allein und hatte keine Familie. Ahle, Zwirn und Hammer waren seine Werkzeuge. Aber trotz seiner Armut sang er vom frühen Morgen bis zum Abend, und es war eine Freude, ihn zu hören. Er sang die alten Wiegenlieder, die sein seliges Mütterlein ihm einst an der Wiege gesungen hatte, um ihn einzuschläfern. Dann wieder waren es Liebeslieder oder Soldatenlieder aus der Kriegszeit. Dabei brachte Giovannino seine Triller und Triolen mit so leichter und unermüdlicher Kunst hervor, daß ein Singvogel nichts im Vergleich zu ihm war. Seine Fröhlichkeit war geradezu sprichwörtlich geworden. Ja, er litt nicht einmal darunter, allein zu sein.

In seine bescheidene Werkstatt kamen besonders an Regentagen oder wenn Schnee fiel, allerhand Leute, um ihm Gesellschaft zu leisten. Es waren die jungen Burschen und die Männer aus dem Dorf, ja es kam sogar der Herr Sindaco, der Bürgermeister, ein sehr gebildeter Mann, der ihn über die mannigfachen Dinge belehren konnte.

Giovannino hatte auch immer viel Arbeit. Doch gab es selten neue Schuhe anzufertigen. Meistens waren es alte, die er zu flicken hatte. Die Kunden bezahlten seine Arbeit zum größten Teil mit Naturgaben statt mit Geld. Sie brachten ihm Luganeser Würste, Eier, Speck und Schinken oder Brot.

»Sind meine Schuhe gemacht?« fragte eines schönen Sommertages ein Ziegenhirte, der ihm ein Paar grobe Bergschuhe zum Sohlen gebracht hatte. »Seht, guter Giovannino, da habe ich Euch als Entgelt einen prächtigen Ziegenkäse hergebracht, der schön reif ist und zart, sag ich Euch, und saftig, daß Ihr eine Freude daran haben sollt.«

Dem Schuhmacher lief schon beim Anblick das Wasser im Mund zusammen. Der Hirt hatte ihm den Käse auf ein großes Weinrebenblatt hingelegt, und das hübsche Alpkäschen verbreitete in der Werkstatt einen köstlichen Wohlgeruch. Bald aber hatten die zudringlichen und naschhaften Fliegen, die überall herumsurrten, den Käse gerochen und setzten sich in großer Zahl darauf, um mit ihren kleinen Rüsseln an dieser Gottesgabe zu saugen. Als Giovannino bemerkte, wie der Käse ganz voller Fliegen war, nahm er in einem günstigen Augenblick den Schuh, an dem er gerade arbeitete, und schlug damit darauf. Dann zählte er die Fliegen, die er getötet hatte, eine nach der anderen. Es waren im ganzen dreihundert. Das war sein erstes und furchtbares Abenteuer. Jetzt wurde er stolz und hochmütig und meinte, wunder was für ein Held er sei. Er verließ sein Schustertischchen, die Ahle, den Zwirn, den Hammer, das Pech und die rostigen Nägel und begab sich zum Bürgermeister des Dorfes. Der mußte ihm auf eine schön gehobelte hölzerne Tafel mit großen Buchstaben diese erschreckenden Worte hinschreiben:

Johann der Starke bin ich genannt.
Dreihunderte mit einem Schlag
Schickte ich zum Tod hinab.

Diese Tafel ließ er sich am Rücken befestigen und machte sich damit auf den Weg, die Welt zu durchziehen.
Er wanderte und wanderte, kam durch einsame und dunkle Wälder, durch tiefe Täler, über abschüssige Berge und endlose Ebenen. Kein Hindernis war imstande, ihn zu entmutigen oder aufzuhalten. War er nicht Giovannino der Starke? Hatte er nicht dreihundert aus dem Leben zum Tode hinüberbefördert? Und dies mit einem Schlag? Gewiß, er war ein Held und mußte sein Glück versuchen.
Und von seinem Schicksal geführt, gelangte er endlich zu einer Stadt. Dort fand er alle Wände der Häuser mit schwarzen Tüchern behängt zum Zeichen der Trauer. Die Bewohner waren still und betrübt, und überall hörte man Verwünschungen, Seufzer und Wehklagen. Giovannino fragte nach dem Grund dieser Trauer und bekam zur Antwort, in der Umgebung der Stadt hause ein ungeheurer Drache mit vierzig Beinen, sieben Köpfen und mit einem Kamm auf dem Kopf wie ein Hahn. Seine Augen glühten wie Feuer, und Flügel habe er wie eine Fledermaus, und dazu einen Schwanz wie eine Schlange. Dieses Ungetüm suche sich beinahe jeden Tag einen jungen Menschen als Beute aus, den es

verschlinge. Und gerade an dem Tag, wo der Schuster ankam, traf es das Los, daß die Königstochter, die Prinzessin Aurora, am folgenden Morgen dem scheußlichen Drachen zum Opfer gebracht werden sollte. Da sie das schönste Mädchen war, das wie kein anderes all überall nur Taten der Barmherzigkeit und Liebe an seinem Volke verübte, weinten alle Leute am Hofe und in der Stadt.

»Aber was vermag mir ein Drache mit sieben Köpfen und vierzig Beinen anzutun?« sprach Giovannino mit großer Verächtlichkeit.

»Ich habe dreihundert mit einem Schlag getötet!«

Also begab er sich zum Schloß und stellte sich dem König vor. Er verneigte sich dreimal vor ihm, wie er es vor dem Bürgermeister seines Dorfes zu tun gewohnt war, und sprach alsdann zu ihm:

»Königliche Hoheit, ich habe vernommen, daß in der Umgebung der Stadt ein scheußlicher Drache hause mit vierzig Beinen, sieben Köpfen und mit Zacken wie ein Hahn darauf, und mit schrecklichen Augen wie Feuer, und daß er fast jeden Tag einen Menschen verzehre. Und gerade morgen soll Eure Tochter Aurora ihm zum Opfer gebracht werden. Nun aber lest, was hier auf meiner Tafel geschrieben steht.«

Und damit kehrte er ihm den Rücken zu.

Johann der Starke bin ich genannt.
Dreihundert mit einem Schlag
Schickte ich zum Tod hinab.

»Wenn du mich also reich belohnen willst, so werde ich den Drachen töten und deine Tochter retten.«

»Ich habe wenig Vertrauen und Hoffnung, daß dir dieses Wagestück gelingen werde«, entgegnete der König. »Viele andere haben es vor dir schon versucht, wurden aber von dem Ungetüm verschlungen. Immerhin, du kannst es ja probieren. Gelingt es dir, meine Tochter zu retten, so sollst du sie zur Frau bekommen, und nach meinem Tode kannst du mein Nachfolger werden auf dem Throne.«

»Majestät«, antwortete Giovannino, »ich bin meiner Sache ganz gewiß, daß ich den Drachen töten werde. Gebt mir nur vierzig Reiter, die mit Armbrust und Pfeilen bewaffnet sind und im Treffen große Geschicklichkeit haben. Dann sieben Ritter, die mit Lanzen und scharf geschliffenen Schwertern ausgerüstet sind. Für mich brauche ich nur ein junges Schäfchen.«

Der König gewährte ihm, was er verlangte. Schon in aller Morgenfrühe, als kaum der Tag graute, machte sich Giovannino an der Spitze von siebenundvierzig bis an die Zähne bewaffneten Reitern auf den Weg, während er selbst ein ganz junges Schäfchen in den Armen hielt. Sie ritten gegen die Behausung des Drachens, fanden ihn aber nicht in seiner Höhle, sondern auf einer schönen Wiese, wo er mit seinen sieben schrecklichen Mäulern seinen unersättlichen Hunger zu stillen suchte. Sogar die aufgehende Sonne wurde bleich vor Schrecken, als sie dies scheußliche Ungetüm erblickte. Giovannino der Starke hatte keinerlei Angst. Er stellte seine siebenundvierzig Reiter zum Kampfe auf und warf dann auf ein verabredetes Zeichen das unschuldige Lämmchen einem der sieben Rachen ins offene Maul. Dann vernahm man nur ein kurzes Zermalmen von Knochen, und das Ungeheuer schloß einen Augenblick seine vierzehn feuerroten Augen vor Wonne, denn das zarte Fleisch schmeckte ihm besonders gut. Darauf hörte man ein Schwirren. Es waren die vierzig Pfeile, welche alle gleichzeitig abgeschossen wurden und wovon jeder ein Bein des Drachens traf. Zugleich richteten sich die sieben Lanzen gegen die Köpfe des Ungetüms, und jeder Stoß durchbohrte einen. Tödlich getroffen, stieß das Tier einen so lauten Schrei aus, daß die Häuser der Stadt erzitterten und den Leuten vor Schrecken beinahe das Blut in den Adern gefror. Dann krümmte und wand es sich gräßlich, spie Rauch und Flammen aus den sieben Rachen und blieb schließlich unbeweglich und tot liegen.

Jetzt erhoben Giovannino und die siebenundvierzig Reiter ein großes Jubelgeschrei, das man bis in die Häuser der Stadt hinüber hörte. Hierauf wurde auf Befehl Giovanninos das Ungeheuer in hundertundein Stücke zerteilt. Dann zog der tapfere Anführer mit seinen wackeren Kämpfern in einem langen Triumphzug in die Stadt zurück. Die schwarzen Tücher an den Mauern waren verschwunden, und statt

dessen flatterten im Sonnenschein vor den Fenstern und auf den Dächern der Häuser Freudenfahnen, und auf den Gesichtern aller Leute konnte man eine große Befriedigung sehen. Die Hofkapelle des Königs ging Giovannino dem Starken und seinen tapferen Rittern zum Empfang entgegen. Er war der Held des Tages und empfing Ehren und Reichtümer. Auf der Stelle wurde er zum Prinzen ernannt und zum Bräutigam der wunderschönen Prinzessin Aurora ausgerufen. Die Hochzeit wurde mit großer Festlichkeit und außergewöhnlicher Pracht gefeiert. Aber die Prinzessin schien doch nicht zufrieden. Der König, der ihre Traurigkeit bemerkte, fragte sie:
»Aurora, bist du nicht glücklich? Was ist die Ursache deiner Betrübnis? Öffne deinem Vater das Herz!«
»Vater, ich bin nicht glücklich mit meinem Mann. Wenn du wüßtest, was für einen Geruch, wie den eines Maultierfells, er an sich hat. Man kann nicht in seiner Nähe bleiben.«
»Meine Tochter, befiehl auf der Stelle den Dienern, daß sie ihm ein warmes und wohlriechendes Bad bereiten.«
Also bekam Giovannino, der ehemalige Schuster, ein warmes und wohlriechendes Bad. Und so noch mehrere Tage nacheinander. Der üble Geruch verlor sich fast ganz. Aber auch dann noch konnte die Prinzessin ihre frühere Fröhlichkeit nicht wiederfinden.
»Was hast du denn«, fragte der König eines Tages, »bist du noch immer nicht glücklich?«
»Lieber Vater, wenn du wüßtest, was für Schläge mein Gemahl im Traum auf meinem Rücken führt. Er scheint von Beruf ein Schuster zu sein, der einen Hammer in den Händen führt und fleißig Leder klopft. Und dann singt er, singt er immer. Ich kann dabei kein Auge schließen.«
»Meine Tochter«, beruhigte sie der König mit väterlicher Milde: »Habe Geduld, lerne ihn ertragen und bedenke immer, daß er es war, der dir auf wunderbare Weise das Leben gerettet hat.«
»Ach, lieber Vater, lieber Vater, es ist besser zu sterben, als mit einem Mann zu leben, der von so verschiedener Natur ist.«

Giovannino der Starke, merkte bald, daß er nicht geliebt, sondern nur geduldet wurde. Das Leben eines Prinzen war nicht gemacht für ihn. Eines schönen Tages nahm er Abschied von seiner Frau, steckte das Geld, das er für die Befreiung der Königstochter erhalten hatte, zu sich und kehrte froh und glücklich wieder in sein bescheidenes Dorf zurück. Dort setzte er sich wieder an seinen Schustertisch und klopfte mit seinem Hammer wie früher das Leder. Er trällerte und sang voll Herzenslust seine Lieder aus der Jugendzeit, seine Liebeslieder und die aus dem Kriegsleben. Und in seine kleine Bude kehrten wie früher die jungen Leute, die Männer aus dem Dorf und der Bürgermeister ein, die leisteten ihm frohe Gesellschaft. Und wenn er seine geräuschvollen Abenteuer mit dem Drachen erzählte, so pflegte er gewöhnlich am Schluß das Sprüchlein beizufügen:

Wer sein Brot verdient mit eigener Hand,
Ist zufriedener als mancher Fürst im Land.

DIE RACHE DER EULE

An einem schönen Sommerabend saß ein Hirte vor der Tür seiner Sennhütte und aß Polenta und trank Milch dazu. Eine Eule flatterte in den nahen Bäumen umher und rief in einem fort: »Orok, orok.«
Der Hirte wollte sie verjagen und rief zurück: »Orok, orok.« Als er sah, daß sie nicht wegflog, begann er, sie herbeizurufen:

Eule du,
Eule ich,
Willst du essen,
So komm her zu mir.

Kaum hatte er so eingeladen, da erschien vor ihm ein Mann mit einem Eulenkopf und sagte zu ihm:
»Du hast mich gerufen, da bin ich, was gibst du mir zu essen?«

Der arme Hirte hatte wohl nicht solch einen Besuch erwartet; zitternd antwortete er:
»Wenn du wirklich mit mir essen willst, hole ich dir gleich eine Schüssel Milch, Polenta ist dort im Kessel, iß davon, bis du satt bist.«
Das Ungeheuer begann mit wilder Gier zu fressen, und in einem Augenblick war der Polentakessel leer.
»Ich habe Hunger«, sagte es zum Hirten, »was gibst du mir zu essen?«
»Da hast du noch einen Eimer voll Schmelzkäse.«
Augenblicklich war auch der Käse verschlungen.
»Ich habe Hunger, was gibst du mir zu essen?« schrie wieder das Ungeheuer.
»Da sind noch zwei Laibe Käse, iß dich daran satt.«
Auch der Käse war im Nu im Bauch der Nachteule verschwunden.
»Ich habe Hunger, was gibst du mir zu essen?«
»Mach den Schrank auf und iß das Brot, das Mehl, das Salz, den Zucker, den Kaffee, den Reis, alles, was du findest.«
Gesagt, getan; in einem Augenblick war auch der Schrank leer. Aber der Hunger der Nachteule wurde immer größer.
»Ich habe Hunger«, schrie sie wütend, als hätte sie seit hundert Jahren nichts mehr gefressen, »was gibst du mir zu essen?«
»Da ist der Schlüssel, geh in die Milchkammer und trink die Milch aus dem Zuber. Auf dem Wandbrett sind auch noch Käse und Butter.«
Fünf Minuten später war das Untier auch schon wieder zurück. Gieriger als zuvor brüllte es:
»Ich habe Hunger, was gibst du mir zu essen?«
»Geh hinunter in den Stall und friß das Schwein, die Ziegen, die Kühe.«
Im Nu waren das Schwein, die Ziegen und alle Kühe verschlungen, bis auf eine, die ein Madonnenbild auf ihrer Glocke hatte. Das Ungeheuer geriet in größten Zorn darüber, daß es diese Kuh nicht fressen konnte, und schrie:
»Was gibst du mir zu essen?«

Der arme Hirte ließ den Kopf sinken und sagte: »Jetzt habe ich nichts mehr.«
»Dann werde ich dich auffressen.«
Als der Hirte das hörte, rief er:
»Jesusmaria, helft mir! Jesusmaria, helft mir!« und riß geschwind das Kruzifix, das über dem Kopfende seines Bettes hing, an sich. Da tat die Nachteule einen Schrei und stürzte wutentbrannt, Feuer und Flammen sprühend, zur Tür hinaus. Vor Schrecken fiel der Hirte zu Boden und verlor die Besinnung. Als er wieder zu sich kam, fand er alles wieder an seinem Platz: die Polenta im Kessel, die Milch in der Schüssel, den Schmelzkäse im Eimer, die Käselaibe, wo sie immer gewesen waren, und auch die Sachen im Schrank; die Milch war wieder im Zuber, die Butter und der Käse auf dem Wandbrett, das Schwein, die Ziegen und die Kühe waren alle noch im Stall, jedes an seinem Platz. Aber seither verspottete er die Nachttiere nicht mehr.

QUELLENVERZEICHNIS

Rätoromanisches Sprachgebiet – einschließlich deutschsprachiges Graubünden

Die Herkunft der Erdmännlein
aus Conrad Englert-Faye: *Vo chlyne Lüte*, St. Gallen o. J.
Das Bergmännlein
aus Dietrich Jecklin: *Volkstümliches aus Graubünden*, Chur 1878
Die drei Gletscherjungfrauen
aus Caspar Decurtius: *Märchen aus dem Bündner Oberlande*, Zürich 1874
Das Wildmännlein
aus Gian Bundi: *Engadiner Märchen*, Zürich 1903
Der Drache im schwarzen Wald
aus Gian Bundi: *Engadiner Märchen*, Zürich 1903
Die Stieftochter
aus Caspar Decurtius: *Märchen aus dem Bündner Oberlande*, Zürich 1874
Hans und Urschel
aus Dietrich Jecklin: *Volkstümliches aus Graubünden*, Zürich 1874
Tredeschin
aus Gian Bundi: *Engadiner Märchen*, Zürich 1903

Deutsches Sprachgebiet

Der Glasbrunnen
aus Otto Sutermeister: *Kinder- und Hausmärchen aus der Schweiz*, Aarau 1873
Das Märchen vom Buben, der schön flöten konnte
aus Johann Jegerlehner: *Sagen und Märchen aus dem Oberwallis*, Basel 1913
Der Teufel als Schwager
aus Otto Sutermeister: *Kinder- und Hausmärchen aus der Schweiz*, Aarau 1873

Hans Öfeli-Chächeli
nach Otto Henne-Am Rhyn: *Die deutsche Volkssage*, Leipzig 1874
Bauer und Landvogt
aus Otto Sutermeister: *Kinder- und Hausmärchen aus der Schweiz*, Aarau 1873
Des Teufels Erbsmus
ebenda
Junker Prahlhans
ebenda

Französisches Sprachgebiet

La Ramée
aus Johann Jegerlehner: *Sagen und Märchen aus dem Unterwallis*, Basel 1909
Die Froschprinzessin
aus Arthur Rossat: *Les »fôles«, contes fantastiques patois recueillis dans le Jura bernois.* In: Schweizerisches Archiv für Volkskunde 1911
Die Spinnerin
aus Alfred Cérésole: *Légendes des Alpes vaudoises*, Lausanne 1885
Die Gletscherjungfrau und der Hirte
aus Arthur Rossat: *Les »fôles«, contes fantastiques patois recueillis dans le Jura bernois.* In: Schweizerisches Archiv für Volkskunde 1911
Von einem der zum Teufel ging und wieder zurückgekommen ist
aus Johann Jegerlehner: *Sagen und Märchen aus dem Unterwallis*, Basel 1909
Die Schlange und das Mädchen
aus Arthur Rossat: *Les »fôles«, contes fantastiques patois recueillis dans le Jura bernois.* In: Schweizerisches Archiv für Volkskunde 1911. Aus dem Französischen von Sigrid Früh.

Italienisches Sprachgebiet

Die schöne Infinita mit den goldenen Zöpfen
aus Walter Keller: *Tessiner Märchen*, Frauenfeld o. J.
Das Adlermädchen
aus Walter Keller: *Am Kaminfeuer der Tessiner. Sagen und Volksmärchen*, Zürich o. J.

Das Sonnenschloß
ebenda
Wie ein Fischer sein Kind verkaufte
aus Walter Keller: *Tessiner Märchen,* Frauenfeld o. J.
Der arme Schuhflicker
ebenda
Die Rache der Eule
aus Pellandini: *Credence Tradicioni*, 1898

NACHWORT DER HERAUSGEBER

Die Sammlungen der Märchen aus der Schweiz, wie sie auch in unsere Auswahl mit repräsentativen Texten Aufnahme gefunden haben, beginnen mit den ›Kinder- und Hausmärchen aus der Schweiz‹ von *Otto Sutermeister*. Der Anklang an die ›Kinder- und Hausmärchen‹ der *Brüder Grimm*, in deren wechselnden Auflagen die Schweiz ihrerseits mit insgesamt sieben Märchentexten vertreten war, ist unüberhörbar. Mit den *Brüdern Grimm* teilt *Otto Sutermeister* auch deren germanistisches Interesse: Sein Sammelgebiet beschränkt sich, wenn auch aus anderen Gründen als bei *Ernst Meiers* unmittelbar vorangehenden und möglicherweise ebenfalls beispielgebenden ›Deutschen Märchen aus Schwaben‹, ganz auf das deutschsprachige Gebiet der Schweiz, mit Schwerpunkt in der auch literarisch aufgeschlossenen Mittelschweiz. Die französischsprachige, italienisch-schweizerische und rätoromanische Märchenüberlieferung findet sich bei *Sutermeister* noch gar nicht, das schweizerische Alpengebiet ist nur schwach vertreten. Vom damals noch reichlich fließenden Märchenerzählstrom im Bündner Oberland, Tessin, Wallis, Waadtland vermittelt seine Märchensammlung ›aus der Schweiz‹ noch keinen Eindruck.

Das änderte sich, als sei hier eine Herausforderung verstanden worden, bereits ein Jahr darauf mit der Veröffentlichung der ›Märchen aus dem Bündner Oberland‹, gesammelt und nach dem Rätoromanischen erzählt von *Caspar Decurtius*. Mit einem Schlag rückt nun dieses Gebiet mit seinen großenteils recht ursprünglichen, bisher nur mündlich tradierten, dafür aber in der dörflichen Erzählgemeinschaft institutionalisierten Märchen in den Blickpunkt des Interesses. Damit setzt freilich auch hier das von der Volkskunde so bezeichnete »zweite Leben« des Volksmärchens ein, das stets auch eine Entfremdung vom gewissermaßen natürlichen »ersten Leben« originärer Volkskultur mit sich bringt. Erstaunlich, wieviele rätoromanische Volksmärchen sich trotzdem mit den letzten Ausläufern mündlicher Er-

zähltradition bis hinüber in unsere Zeit gerettet haben. Die Märchensammlungen von *Gian Bundi, Leza Uffer* und *Uffer-Wildhaber* – ersterer verdankt auch unsere Auswahl einige besonders schöne Texte – legen davon beredtes Zeugnis ab.
Nicht anders erging es den Volksmärchen aus dem Tessin und Wallis (Erstsammlung durch *Johannes Jegerlehner*), wo nach Graubünden und mit den noch heute taufrisch wirkenden, sprachmeisterlich dem Italienischen nacherzählten ›Tessiner Märchen‹ von *Walter Keller* das zweite Märcheneldorado zur Entdeckung anstand. Zwar konnte auch hier, teilweise in letzer Minute, noch manche, schon dem Versiegen nahe Quelle der mündlichen Märchenüberlieferung gefaßt und sonst wohl auf immer verlorenes Erzählgut geborgen werden (sie liegen jetzt vor in der Sammlung der ›Märchen aus dem Tessin‹, herausgegeben und übersetzt von *Pia Todorović-Strähl*). Ähnliches läßt sich sagen von der schon weiter zurückliegenden Sammlung und Archivierung französischsprachiger Märchen aus dem Waadtland und Berner Jura durch *Alfred Cérésole* und *Arthur Rossat*, denen wir ebenfalls einige der schönsten Texte unserer Märchenauswahl zu verdanken haben.

»Wir« meint hier durchaus eine Mehrzahl. Nicht die fiktive der selbstverkleinernden, gerade noch bei der Abtragung eingestandener Dankesschuld zur Sache kommenden Herausgeber-Eitelkeit, sondern die einer realen, echt-erfreulichen Zusammenarbeit zwischen den Herausgebern *Götz E. Hübner* und *Sigrid Früh*, der Illustratorin *Hedwig Goller* und *Fritz Senft*, der die Einführung verfaßte.
Kriterium für die Auswahl der schließlich aufgenommenen Texte war ihre oft jahrelange erzählerische Erprobung durch die auch in der Schweiz bekannte Märchenerzählerin *Sigrid Früh*. So kommt es auch, daß die Sprachgebung der Texte, bis hinein in ihren der Umgangssprache angenäherten Sprachduktus, auf die Mündlichkeit des Märchens zurückkommt und sich damit seinem »ersten Leben« in der freilich nicht mehr dörflichen Erzählgemeinschaft wieder nähert.

Wir hoffen und wünschen, daß dieser Band ›Märchen aus der Schweiz‹ dem Leser ein Bild des Landes jenseits touristischer Klischees vermittelt.

Schorndorf im August 1986

Götz E. Hübner
und Sigrid Früh

Die Welt der Märchen

Ursula
Assaf-Nowak (Hg.)
Arabische Märchen aus dem Morgenland
Band 1987

Friedrich Becker (Hg.)
Afrikanische Märchen
Band 969

Herbert Boltz (Hg.)
Wie das Kängeruh einen Schwanz bekam
Märchen der australischen Ureinwohner
Band 2846

Herbert
Bräutigam (Hg.)
Märchen aus Tibet
Band 1858

Carl Einstein (Hg.)
Der Gaukler der Ebene
und andere afrikanische Legenden. Band 2843

Götz E. Hübner/
Sigrid Früh (Hg.)
Von Gletscherjungfrauen und Erdmännlein
Märchen aus der Schweiz. Band 2859

Josef Guter (Hg.)
Chinesische Märchen
Band 1408
Der König der Raben
Zaubermärchen aus elf Ländern
Band 2849

Johannes Hertel (Hg.)
Indische Märchen
Band 1137

Inge Hoepfner (Hg.)
Märchen aus Persien
Band 2838

Marlies Hörger (Hg.)
Der Verschleierte
Märchen von Ketzern und Verfemten
Band 2869

I.Z. Kanner (Hg.)
Jüdische Märchen
Band 1759

Felix Karlinger (Hg.)
Südamerikanische Märchen
Band 1337

Fischer Taschenbuch Verlag

fi 144/6a

Die Welt der Märchen

Ursula Mackert (Hg.)
Märchen aus Island
Band 2827

Toschio Ozawa (Hg.)
Japanische Märchen
Band 1469

Dieter Richter (Hg.)
Das Land, wo man nicht stirbt
Märchen vom Leben und vom Tod
Band 5247

Franz Rottensteiner (Hg.)
Das große Buch der Märchen, Sagen und Gespenster
Band 2845

Berndt Schulz (Hg.)
Märchen aus Niedersachsen
Band 2822

Josh van Soer (Hg.)
Niederländische Märchen
Band 2839

Ré Soupault (Hg.)
Französische Märchen
Band 1153

Frieder Stöckle (Hg.)
Handwerkermärchen
Band 2866

Alexej Tolstoi
Märchen aus Rußland
Band 1631

Adelheid Uzunoglu-Ocherbauer (Hg.)
Türkische Märchen
Band 2840

Paul Zech (Hg.)
Die grüne Flöte vom Rio Beni
Indianische Liebesgeschichten. Band 2844

Jack Zipes (Hg.)
Die Libelle und die Seerose
Naturmärchen von Carl Ewald
Band 2851

Fischer Taschenbuch Verlag

fi 144/3b

Sigrid Früh

Das Zauberpferd
Märchen aus Siebenbürgen und den Karpaten
Herausgegeben von Sigrid Früh
Band 2856

Die rumänischen Märchen – Märchen aus Siebenbürgen, der Walachei, dem Banat – sind bekannt für ihre Metaphern, ihren ursprünglichen, trockenen Humor. Sigrid Früh hat die authentischen Texte der bekannten Märchensammler Josef Haltrich, Peter Isperescu und der Brüder Schott vom zeitgebundenen Ballast, von sprachlichen Ungenauigkeiten des 19. Jahrhunderts befreit.

Die Frau, die auszog ihren Mann zu erlösen
Europäische Frauenmärchen
Herausgegeben von Sigrid Früh
Band 2858

Mit dieser Sammlung räumt Sigrid Früh gründlich auf mit dem Vorurteil, daß in den Märchen überwiegend schwache und blasse Frauengestalten zu finden sind, die nur darauf warten, von einem Mann wachgeküßt und geheiratet zu werden. Vielmehr werden hier in fünf Kapiteln Märchen vorgestellt, in denen die Frau »auszieht, um ihren Mann zu erlösen«.

Märchen von Hexen und Weisen Frauen
Herausgegeben von Sigrid Früh
Band 2868

Sigrid Früh erläutert die Tradition des Hexenbildes, schildert dessen Wandel und zeigt, wie es zum Verfall des Ansehens solcher außergewöhnlicher Frauen bis hin zum Bild der bösen, verdammenswerten und häßlichen Hexe in den Märchen unserer Zeit kam.

Fischer Taschenbuch Verlag

fi 479/2